大活字本シリーズ

高橋順子

水のなまえ

埼玉福祉会

水のなまえ

装幀　関根利雄

目次

I

季節の水　11

水に流す　60

水のオノマトペ　69

水入り・水入らず　77

水のことわざなど　84

水の神　112
みずのえ、みずのと　126
末期の水　138

II

万葉の海　157
恋する川　169
雅語の川　176
うたかた　186
水に書く　193

山頭火と生死の水　200
牧水の「みなかみ」　215
涙考　227
斎藤史・濁流のゆくえ　244

Ⅲ

月神と水　259
龍神と雨　266
水鏡が揺れるとき　275
井戸をめぐって　284

曲水のほとり　290
枯山水　298
花水祝いの今昔　306
カッパ淵にて　313
二人の雪童子　322
雲の話　329

Ⅳ

お四国の水　339
水湊や　361

南半球を船で行く　368
砂漠と水　395
北原白秋と水ヒアシンス　404
変若水《おちみず》　413
あとがき

I

季節の水

もう三十年以上も前になるが、勤務先の詩書出版社の仲間たちと見よう見まねで連句を巻きはじめた。連句では「月」「花」を初めとして、季節が重んじられる。そのときは恥ずかしながら俳句歳時記や季寄せの存在を知らず、手に触れたこともなかった。連句の入門書には、歳時記を用意することなどは自明のこととして省かれていたのである。書いてくれてさえいれば、どこの書店にも置かれているものなので、悩むことはなかったのだが。

季語というものがあることは知っていたが、それはどこで誰が決めるものなのか、決まってくるものなのか知らなかった。したがってそのとき使用した季語は、むかしから親しまれてきた季節のことばばかりだった。そういうのは正確には季題というようだ。たとえば無季の、というよりも歳時記中の季語を使用していない名句が生まれたとする。そこに喚起力に富む新しい季節のことばが含まれていれば、それが季語になることもある、という話はずっと後で聞いた。たとえば中村草田男の「万緑《ばんりよく》」(万緑の中や吾子《あこ》の歯生えそむる)。季語というものは、俳人たちによってつねに見直されているると思っているのがいいようだ。

いま私は数種類の歳時記や季寄せをもっているが、最初に求めたのは、編集者仲間で俳句雑誌の編集長を勤めた人に薦められた『新版季寄せ』(角川書店)である。この季寄せは一つの季語に異称、別名、例句一つを添え、一般に知られていない季語には簡単な解説を付す携帯に便利なもので、連句仲間の詩人たちはみなこの本を持つようになった。それを携え、阿賀野川の雪見舟にも乗ったし、甲斐にも吉野にも行った。その本を薦めてくれ、いっしょに連句を楽しんだ人は、一昨年病気で亡くなられた。

愛用の『新版季寄せ』は季語の掲出数も多いところから、この本にしたがって水に関わる季語を拾いながら、時折り好きな句を挟み、水の流れるように、とはいかないが、せめて逃げ水のようなものを浮かべてみたい。逃げ水は蜃気楼の一種で、春の季語。むかし武蔵野で見られたそうで、近づくと遠のいてしまう幻の水のことだが、じつは遠くの草葉の輝きだった、とこの季寄せにある。

春の水

「春の水」、「春水」という季語があるのは当然のことだが、傍題に「水の春」が掲げられている。春の水気は相当なものである。春の水の特徴といえば、雪解け水の速さと力、それが湖沼やダムにそそがれ、たっぷりとしずまる豊かさ、たゆたうように流れる小川や海の潮ののどけさ、温んだ水が育むいのちのうれしさ、といったところだろう。冬の寒気に身をちぢこめていたのが解かれるのは、人も水も変わらない。というか人もまた水なのである。

春の水とは濡れているみづのこと　長谷川櫂

長谷川櫂（一九五四〜）は熊本県生まれの現在活躍中の俳人。水は濡らすものである。それを「濡れているみづ」とはよく言ったもので、大胆な発想に驚く。平仮名の「みづ」とあいまって、春の水の見た目にぬめぬめとした感じがよく伝わってくる。

二十四節気にも「雨水」（陽暦二月十八、九日ころ）、「穀雨」（陽暦四月二十日ころ）という呼び名があるが、眠っていた植物をそっと起こし、いのちの水をそそぎかける春の雨は、植物だけではなく、草を食む動物たちにも恵みの雨である。もちろん肉食動物にも、人にも。

「春の雨」、「春雨」には「春時雨」「花時雨」「春霖《しゅんりん》」（春の長雨）「杏花雨」（清明、四月五日ころに降る雨）「菜種梅雨」「花の雨」「春驟雨」がある。

文字で見る雨の名前はしめやかで優雅この上ないが、写真家・佐藤秀明さんとの共著『雨の名前』（小学館）を書いていたころは、毎日雨のことを考えているので、気持ちがふさぎ、晴れやらないのには参った。机の上に日は差しながら、頭の中は雨が降りつづいているのだ。原稿を書き終えたとき、雨はやっと止んで、晴天になった。

東京に降る雪は春になってからが多いようだ。たくさん水分を含んで、ぼたぼたと降る牡丹雪のときもある。牡丹の花びらのように肉厚といっていいかどうか、厚ぼったい雪だが、ぼた雪の当て字だろう。こういう美称は雪の少ない地方の歌びとたちがよろこんで思いつきそうなことである。

雪の日に東京で、新潟の人と待ち合わせしたことがあったが、電車が不通になったり間引き運転になったりして大騒ぎした。彼女は「これしきの雪で」と呆れ返ったような顔だった。雪の降った日には転んで滑って怪我をした人が何人と、首都圏の晩のニュースになる。彼女はにがにがしい思いである。

しかし雪国の人にはすまないが、朝、雪が降っていると知ったときのうれしさは年をとっても変わらない。私は千葉で生まれ育ったので、雪は滅多にない天からの贈り物だし、一夜にして出現する新世界には目をみはらずにいられない。数年前まで雪が降ると決まって外に跳びだすのは、近所の少年と老人と私の三人だった。少年は玩具の貨物列車に雪を積み込み、老人と私はシャベルと塵取りで坂道の雪掻きをした。このご老人は界隈の草取りを自分の仕事と定め、私方の朝顔も風船葛もはきだめ菊も引き抜いてしまう人で、私は仇のように思っていたが、雪が降ると休戦である。少年は中学生になり、大人用の自転車を乗り回すようになった。ご老人は数年前に亡くなった。

俳句に詠まれる雪は、それ一字では冬の季語である。春の雪を詠むには、春の情景を添えるか、或いは次のような雪の名前や現象に拠ることになる。

「淡雪」「斑雪《はだれ》」「雪の果」（残雪）「雪間《ゆきま》」（雪が消えてところどころ

に見える地面）「雪崩《なだれ》」「雪解《ゆきげ》」「雪代《ゆきしろ》」（雪解けの水）「春出水《でみず》」などが、季寄せに載っている。

冷気は肌に刺さるものの、消えゆくものを惜しむようなことばの光である。

春が名ばかりのころ、北国を訪れ、車窓から、或いは宿の裏山の辺りで、木々の根元だけにまんまるく黒い土がのぞき、あとは真っ白に盛り上がっている風景を目にする。私は春の最初のかたちだと思って、円形の土を見ている。足元の雪を透かせて、明るい黄緑をのぞかせているのは、フキノトウである。私はそのほろ苦い味が好きで、一つ見つかると、ついきょろきょろし、手袋を濡らして四つ五つと欲をかいてしまう。

その他の事象には「薄氷《うすらい》」「氷解く」「流氷」「春の雹《ひよう》」「春の霙《みぞれ》」「春の霰《あられ》」「春の霜」「別れ霜」（名残の霜）「春の露」がある。

地理では「春の川」、その他「春の」を冠した「池」「沼」「湖」「海」「浜」「波」「潮」がある。「赤潮」（プランクトンが繁殖したために赤っぽく変色した潮。魚貝類には「厄水《やくみず》」となる）「潮干」「春田《はるた》」「苗代《なわしろ》」「春泥《しゅんでい》」「逃げ水」「水温む」など。

春の海ひねもすのたりのたりかな　　蕪村

この句は子どももよろこびそうなので、確かこのように平仮名で教科書に載っていたと思う。この句について亡くなった詩人の辻征夫がどこかに書いていたが、それが可笑しくて忘れられない。「ひねもす」は終日とも書くように、朝から晩までということだが、これを彼は「ひねもす」という鳥が「のたりのたり」と飛んでいると思ったのだそうだ。なるほど鳥には、ほととぎす、うぐいす、からす、かけすと似たような名前の鳥がいる。辻征夫の幼い日の珍解釈を目にしてから、この句を普通に読めなくなった。

蕪村の春の水を詠んだ句には「春の水山なき国を流れけり」「春雨や小磯の小貝ぬるるほど」などがある。遅い日をゆったりと流れる川、春雨の繊い舌を詠んで、春の大景も小景も思うがままに描きだしている。蕪村は春が似合う詩人である。

行事では「曲水（の宴）」（本書六一ページ参照）「流し雛」など雅なものがある。

「雁風呂《がんぶろ》」は「雁供養」ともいい、奥州外ヶ浜に伝わるという。外ヶ浜という地名はいまはない。陸奥湾沿岸か、西方の深浦、鰺ヶ沢付近の日本海沿岸をいうとも。雁は波の上で羽を休めるため木切れをくわえて北からやって来るが、飛び立つときにまたそれをくわえてゆく。浜辺に残った木切れはこの国で命を落とした雁の数だという想像から、それで旅人などに風呂を炊いて雁を供養すること。薪で風呂を沸かす家も少なくなってきた現在、哀れふかい伝説としてのみ残っているようだ。

一茶は連句の中で「はつ雁に風呂のたつらん鐘鳴《なり》て」と付句を作っているが、はつ雁は秋にやって来る最初の雁。一茶は若いころ奥羽を旅しているが、この話を逆に記憶したのだろう。これでは雁は気を悪くする。江戸時代後期にはすでに伝説になっていたか。

「水口祭《みなくちまつり》」は苗代に種を下ろしたとき、水口に御幣を挿し、花や酒を供えて田の神を祀ることだが、播州飾磨《しかま》の農家の子だった連れ合いに聞くと、親父がやっていたという。何を供えてあったかはおぼえていないそうだ。

「お水取」は、奈良東大寺の修二会《しゆにえ》の中の行事。三月十三日深夜、籠りの僧が大松明をかざし、若狭から送られたとされるご香水《こうずい》を運ぶ。若狭小浜《おばま》ではこれに先立って三月二日、「お水送り」が行われる。「お札流し」（四国八十八ヶ所のうち十ヶ寺での納め札を海に流す）「甘茶」（四月八日、仏生会《ぶっしょうえ》のとき、誕生仏にそそぐ五色水）などは、仏教と水に関わるものだが、そこには根源的な水への信仰もあるだろう。

夏の水

夏は立夏（五月六日ころ）から立秋（八月八日ころ）の前日までなので、その間に梅雨の時期があり、うっとうしい天気がおよそ一カ月はつづく。梅雨を雨期と考えて、一年は四季ではなくて五季とすべきだという人びともいる。梅雨が明ければ、海水浴や川遊び、プールと水が恋しい灼熱の日々となる。

陰暦六月（陽暦七月ころ）の異称は「水無月《みなづき》」で、少なくとも前半はたっぷり雨が降っているのに、なぜ水の無い月なのかという素朴な疑問がある。暑さが厳しくて、水が涸れてしまうから、ともいわれるが、本来は「水の月」で、「な」は格助詞だという説もある。たとえば「まなうら」は目の裏、「まなぶた」は目の蓋、「みなもと」は水《み》の本《もと》といった具合である。「無」は「な」の当て字という。この説にしたがうと、「神無月」も本来は「神の月」ということになる。

梅雨のことは「五月雨《さみだれ》」ともいうくらいで、おもに陰暦五月に降る雨である。陰暦六月にはもう雨が上がってほしいという気持ちが「水無月」には込められているように私などは思う。

梅雨に入る前、青葉を濡らす雨は「緑雨《りょくう》」という。先述の『雨の名前』をお送りした宮城県の方から礼状が届き、末尾に「庭の緑雨をながめています」という一行があり、いい名だと改めて思ったことだった。わが家の庭に降る緑雨はどくだみの葉を濡らしていた。このころの時雨は「青時雨」という。

「卯《う》の花腐《はなくだ》し」は卯月（陰暦四月）に降る長雨である。卯の花を台無しにするほど降る雨の意。まだ梅雨には早い。

しばらくして、梅雨の前ぶれのような雨が降ると、それを「走り梅雨」とか「迎え梅雨」という。陰暦五月五日は梅雨の走りのころである。端午の節句であるが、「薬日」でもある。この日の午《うま》の刻（正午）に降る雨は「神水《しんずい》」と呼ばれ、「薬降る」といって人びとは喜んだ。

薬降《ふる》空よとてもに金《かね》ならば　一茶

晩年の一茶は古里信濃に帰り、門人たちにも大切にされて、金まわりはよくなったはずだが、貧乏人根性がしみついていた節もある。江戸も末期になると「薬降る」といっても信じられていないようだが、市井の人びとの気持ちとしてはこんなところだろう。

むかしの人びとは、健康を害するのは黴というよりも毒虫や悪鬼のせいと考えていたらしい。そのために香りの強い菖蒲や蓬の葉を軒にさして魔除けにし、また菖蒲湯で邪気を去った。新暦の五月五日はこどもの日だが、薬の日でもあるそうだ。

梅雨の名前にはいろいろあって、私たちはずいぶん濃やかに梅雨と付き合っているのである。年によって、ザーッと烈しく降ってはサッと止む型の「男梅雨」、あるいはしとしとと降りつづく型の「女梅雨」だったりするが、この命名は一時代前のイメージだろう。

抱く吾子も梅雨の重みといふべしや　飯田龍太

飯田龍太（一九二〇〜二〇〇七）は甲州の俳人。この句にはしっとりした水の気配が漂っている。梅雨のせいか抱き上げたわが子も重い。日本の米も人も梅雨によって育てられると思えば、不思議な句ではない。

陰暦五月二十八日に降る雨は「虎が雨」といい、この日に討たれた曾我兄弟の兄十郎の愛人で大磯の遊女・虎御前が流す嘆きの涙雨という。

梅雨の上がるころは、荒梅雨《あらつゆ》や暴れ梅雨となる。このごろはゲリラ豪雨といったりするが、大雨が降り、雷鳴がとどろくこともある。「送り梅雨」というのは、梅雨の長居は迷惑、適当なところで送り出したいという気持ちからだろう。しかしこれでお終いかなと思っていても、また降りだすことがある。それを「戻り梅雨」とか「返り梅雨」という。なかなかしぶとい。

けれども「空梅雨《からつゆ》」といって、この時期ほとんど雨が降らないのも、農作物に被害をおよぼす。田はひび割れ、河川の水量が乏しくなると、農家の人たちはわずかな水を争わねばならない。梅雨どきの花、あじさいも生気を失う。そんな中で待ちに待った雨は「喜雨《きう》」、また「慈雨」と呼ばれる。

立葵《たちあおい》の花が咲き上がり、梅雨が明けて、夏本番となると、よくにわか雨が降る。夕方だと「夕立」。「白雨」と書き、はくう、また、しらさめ、と読む。激しい雨なので、雨足が白く見えるからだろう。夜中だと「夜立《よだち》」。

それほどひどくなく、さっと降って、じきにやむ雨は「驟雨《しゅうう》」である。熱帯地方特有の驟雨が「スコール」で、八丈島などで見られる。

夏の海は空模様を映して、さまざまに表情を変える。五月の晴天の晴れやかな海、梅雨どきの垂れ込めた雲の下の暗い海、夏休みの紺碧の海、晩夏ともなれば、海は荒れ、白い波頭が立つ。
陰暦四月（卯月）の海面に立つ波は「卯波」という。やがて梅雨前線に変わる低気圧が、沖を通過するときに寄せてくる白波である。船旅をしたとき、時期からいって卯波ではなかったが、いちめんに白兎が飛び跳ねているようなインド洋を通過したことがある。

あるときは船より高き卯浪かな　　鈴木真砂女

鈴木真砂女（一九〇六〜二〇〇三）は安房の生まれで、東京銀座に料理店「卯波」を経営していた。この句の「卯浪」を恋多き人だった真砂女の恋心であるとしている解説を見たことがあるが、深読みではないだろうか。私も深読みしたがる悪癖をもっているが、ここは陰暦四月の思いがけない波のうねりを想像すればよくはないか。

新緑のころ日本列島の南から伊豆沖、房州沖へと勢いよく黒潮が上がってくる。漁師たちはこの暖流を「青葉潮《あおばじお》」と呼ぶ。潮はさらに北上するが、宮城県の金華山沖までしか到らないときは、東北地方は冷夏になってしまう。そうすると冷害である。

梅雨のころ、暗い海上に立つ波浪は「五月波《さつきなみ》」という。

「土用波」は、夏の土用のころからの荒々しい波で、うねりが高くなり、遊泳禁止となったりする。私の古里の九十九里浜では、そんなときは浜辺に点々と赤い旗がひるがえった。「土用凪」ということばは、私は聞いたことがなかったが、まったく風の絶えた暑い日をいうそうだ。

夏の水の季語には、「滴《したた》り」や「泉」や「清水」、「噴井《ふけい》」、「滝」などがある。これらは冬期に凍りつかない限り、いつでも流出しているのだが、夏には清涼感をたたえ、いのちを蘇らせる水となるので、夏期のものとする。「滴り」は、岩や崖や苔から水滴が落ちてくること。とくとくと涼しい音を立てる。「泉」の語源は「出づ水」、「清水」は「しみ出づ」と考えられている。「噴井」はたえず水が噴きあふれる井戸。山裾が多いが、町中でも自噴水が出ているところがある。滝の語源は「激《たぎ》つ」であるという。

私たち夫婦は年に一度は友人たちと東北方面の山に登ることにして

いる。連れ合いは十年くらい前、月山で肋骨を二本折る怪我をしているのに、懲りないのである。夏山のうれしさは、私の場合は頂上をきわめること以上に、鮮やかな花や蝶に出会うこと、山の水を飲むこと、麓の温泉に入ること、ビールと地酒を飲むこと、である。この二泊三日の山行のために、私どもは毎朝一時間の散歩を欠かさない。

夏の川の季語には「出水《でみず》」がある。梅雨末期の集中豪雨のために川が氾濫するのである。秋の台風による洪水は「秋出水」という。「出水」という大和ことばだと、それほどひどくない水害の感じがする。それもそのはず川の氾濫は近代になってからひどくなってきているそうで、都市化により周囲から土が消え、降った雨水の行き場がなくなったからだといわれている。近所に家が建つとき、建設業者がうちに来て、ついでにお宅の私道も舗装してきれいにしてあげます、と言ってきたが、お断わりした。どんなに細くても雨の通り道である。

一方、夏の川でうれしいのは、京都の「川床《かわゆか》」である。貴船川の中に張り出して造られた料亭の桟敷に坐ると、水につつまれたような感じがする。こんな涼しい仕掛けを他に知らない。

秋の水

暦の上では秋は立秋（八月七、八日ころ）から立冬（十一月七、八日ころ）の前日までとする。空気が冷えて、その中に含まれる水蒸気がかたちを変えることにより、露、霜、霧などが生じるわけだが、露は地表の草木などに愛らしい水滴となって結ぶもの。二十四節気には「白露《はくろ》」があり、九月八日ころにあたる。このころになると、露しげくなるというが、地球温暖化のせいか、どうかすると九月中旬まで暑熱が残り、その後ようやく秋らしい心地よい気候になるが、あっという間に過ぎてゆく。冷夏をのぞむわけではないが、長袖のブラウス一枚で過ごせる快適な日があまりにも少ない。じきにセーターやコートが要るようになる。

しかし台風は忘れることなく襲来する。立春から数えて二百十日目の九月一、二日前後、二百二十日目の十一、二日ころは要注意日である。豪雨による「秋出水」が多い。台風のときは暴風もともなうので、山崩れによる土石流が発生したりして被害が大きくなる。ことに収穫が目前の田畑の被害は甚大である。

秋の雨は「秋雨《あきさめ》」というが、江戸時代半ばまでは和歌などでは「秋の雨」といい、「秋雨」ということばはつかわれなかった。蕭条と降る感じではないと思われたか。

秋晴れの日が多くなるのは秋の後半で、前半は長雨の季節である。東京では九月は六月に次いで雨の日が多いと聞く。長くつづく雨は「秋霖《しゅうりん》」「秋黴雨《あきついり》」「秋湿り」などと呼ばれる。にわか雨は「秋驟雨」。「霧時雨」はちょっと降っては止むことをくり返す時雨のような霧雨のこと。晩秋に降ったり止んだりする雨は「秋時雨」という。「露時雨」ともいうが、このことばは古くは露と時雨の意味で用いられた。

月や紅葉を別格として、露は秋の代表的な景物の一つであるので、秋の季語になっている。じっさい露は秋にもっとも多く見られる。

芋の露連山影を正しうす　飯田蛇笏

飯田蛇笏（一八八五〜一九六二）は山梨県の俳人。この句は小学校か中学校の教科書に載っていた。祖母が育てた里芋の葉に、朝露が星のように光るのを子どもの私は見ていた。芋の露一つひとつに連山が映っているのだと想像した。だが、この句は芋の露を見た目を上げて、遠くの連山がくっきりと聳えるすがたを描いているのだ、秋の透明感と秩序のようなものも。なぜ俳句の読み方を知らない子どもたちにこの句を読ませたのかといえば、「正しうす」が先生方に気に入られたからだろう。露の中の連山を見た子は案外私一人で、他の子はちゃんと芋の露と連山を思い浮かべていたかもしれない、といまは思う。露ははかなく消えるところから、よく涙や無常観の暗喩に用いられる。

露の世は露の世ながらさりながら　一茶

五十歳を越えてから得た娘のさとが二歳にもならずに死亡。はかない世とは知っていたが、あまりにもむごい、と絶句する一茶である。「露寒《つゆさむ》」ということばがあるが、晩秋、霜かとまごうほどにしらじらと降りた露を見て、体に這い上がってくる寒さをいう。「露霜《つゆじも》」というのは露が凍って、うすい霜のようになったもので、消えやすく、これも秋の季語とする。「水霜《みずしも》」ともいう。十月九日ころは二十四節気でいう「寒露」である。

霧は大気中の水蒸気が急に冷やされ、無数の小さな水滴となって白く浮遊している状態をいう。霞も現象としては同じだが、秋に立ちのぼるものを霧、春にかかるものを霞と称するようになった。感覚の上でだけ温度差があるようだ。「朝霧」「夕霧」「夜霧」「川霧」「狭霧《さぎり》」など美しいことばがある。靄《もや》も霧や霞と同じようなものだが、ややうすく、季語にはなっていない。

霧にまかれると恐ろしい。霧の山道を車に乗せてもらったことがあるが、ライトをつけても数メートル先の道路しか見えず、緊張した。

霧のために登山道を見失ったことはないが、せっかく目指す頂上に辿り着いても、何も見えなかったことは何度かある。しばらくじっと霧の流れを見つめているうちに、ほんの数秒間だけ霧がはれて、大パノラマや青い火口湖が現れ、息を呑むこともある。秋田駒ヶ岳の阿弥陀池でも、どこが水やら地面やら分からないくらいだった。私は後で「霧わいてこの世の出口隠しけり」という俳句を作った。あの世へ直行しそうな出口なしの状態のとき、同行の方のわかしてくれた紅茶のおいしかったこと。

海にかかる霧は「海霧」と書いて、ガスと読んだりする。私の古里の東隣は銚子市で、暖流と寒流がぶつかり合うところに、利根川が流れ込み、それぞれの温度差から霧が発生しやすい。岩場の多い犬吠埼に灯台がある。犬吠に遊んだ折り、霧が濃くなり、灯台も霧に鎖された。すると胸を圧すようなサイレンがすぐ近くで断続的にひびいた。霧笛である。地元の人たちはあまり驚かず、「あ、牛が鳴いてる」と澄ましている。霧の日は大海に向かって、犬は吠えず、牛が鳴くのだった。この燈台の霧笛も船舶にレーダーなどが完備したことにより、数年前に役割を終えたそうだ。

湖沼、河川、池や井戸の秋の水を「秋水」という。古来名刀の譬えに「三尺の秋水」があるが、その冷やかに澄んださまをいった。「水澄む」も秋の季語。澄むのは水中のいきものの活動が鈍るからで、私方では甕にメダカを飼っているが、水苔も消え、濁りも消える。メダカの食も細くなって、餌を撒いても水面に浮き上がってこない。「水の秋」ともいうのは、水が透明で美しくなるからだろう。紅葉を映して、水が華やかさを得るからでもあろう。
秋の海も川も夏のまぶしさをぬぐい去って、清らかさの中にさびしさが漂いはじめる。地球と太陽との距離が近くなる春秋の潮は干満の差が激しい。陰暦八月十五日、中秋の名月のときの大潮はとくにいちじるしく、これを「初潮《はつしお》」と称する。

秋の暮大魚の骨を海が引く　　西東三鬼

西東三鬼（一九〇〇〜六二）は岡山県生まれの俳人。引き潮の力は強い。むざんに骨だけになった大魚の清らかさに釣り合うものは澄んだ秋の大海だろう。海は浄化してくれるのだ。日本の浜辺でもいいが、どこか外国の浜であってもいい。好きな句である。

秋の水に関わる季語には「添水《そうず》」がある。上代から中世にかけては案山子《かかし》のことだったが、のち田に水を入れるための板をいい、さらに竹筒をつかって水辺に仕掛ける鹿《しし》おどしをいうようになった。いい音を立てる。鉦を打つ僧を思わせるところから「僧都」、そのものずばり「ばったんこ」ともいう。

秋水一斗もりつくす夜ぞ　芭蕉
日東《じっとう》の李白が坊に月を見て　重五

これは芭蕉が「野ざらし紀行」の途次、名古屋で興行した歌仙「冬の日」の中の付合《つけあい》である。芭蕉の句は張り詰めたひびきがよくて、意味も分からないままに耳になじんだ。「もりつくす」は「漏り尽くす」。「斗」はひしゃく。水時計の水が落ちつくすほど、秋の夜は長いというのである。「日東の李白が坊」は、江戸初期の漢詩人・書家石川丈山が隠棲した詩仙堂をいう。「李白」は中国盛唐の詩人。「詩仙」と称されたが、「酒仙」でもあった。「秋水一斗」が「斗酒」になる面白さ。

安東次男の『風狂始末』は「坊」の庭に「添水」が鳴っていると読む。「坊」――「僧都」――「添水」というわけである。アナログの画面がデジタルになったような感じである。

秋の水の中に、お酒を加えてもいいだろうか。むかしは新米がとれると、すぐに醸造して酒をつくった。「新酒」「古酒」「濁酒《にごりざけ》」（通称どぶろく）は伝統的に秋の季語とする。いいお酒のことを「水のようだ」と言う方がいたが、それを初めて聞いたときには理解できなかった。そんな褒めことばがあるだろうかと思ったくらいだが、いまは時折純米大吟醸などを恵まれると、クセがなくて水のようだと思える。

陰暦九月九日は中国の重陽の節句で、この日、山に登って菊酒を飲めば、災いを逃れるという故事があった。奈良、平安朝の宮廷でも菊花の宴をもよおし、菊の花びらを浮かべた酒がふるまわれた。この日から酒は「温め酒」にしたそうだ。なお「熱燗」は冬の季語である。

「酢造る」も秋の季語。

糸瓜《へちま》の水を取るのも秋である。十五夜に取るとよいそうだ。化粧水に用い、去啖、鎮咳の薬とした。少女時代、祖母が糸瓜の茎を切って一升瓶に水を取っていたことがあるが、それが緑色だったように覚えている。じっさいは色も香もないものだというが、私の記憶の中でいつの間にかそれは糸瓜の実の色になってしまったようだ。朝顔の花をしぼり、色水をつくったりして遊んだころのことである。

冬の水

冬は人のみならずほとんどのものが生気を失い、動きが鈍くなるように見える。私どもが毎朝散歩の途中に寄る神社の池でも、鯉は向こうのほうに沈んだままだし、甲羅乾しをしていた亀はすがたを見せない。しかし烏や鳩などは冬の寒さに動じない。五位鷺などはじっと小魚やザリガニを狙っている。ひよ鳥は急降下して、鯉に放る餌を横取りする。

暦の上では冬は立冬（十一月七、八日ころ）から立春（二月四、五日ころ）の前日までとする。東京に住む私などの体感では十一月はまだ晩秋で、十二月から二月が冬と言いたくなる。人の暮らし方に問題があるにちがいないが、二月には春を告げる自然界のものによく驚かされる。昨年は薄氷の張った池のほとりに、白梅の花が咲いていた。気温ばかりでなく太陽の高度や日照時間などから、植物は人よりもよほど厳密に季節をチェックしていると見える。人びとはそれを逆手にとって、季節外れの野菜を育てたりしているのだが。

陰暦十一月（陽暦では十二月ころ）は「霜月」である。「霜降月」は略して霜月となったたという説がある。霜は大気中の水分が地表に触れて氷片状になったものだが、草木は霜にあうと傷んで枯れてしまう。「霜枯」という。朝、地中の水分が針状に凍って、庭や畑の土くれを持ち上げるのが「霜柱」である。白いところを踏むとサリサリいって崩れる。その年初めて降りる霜を「初霜」という。

冬の季語に「水涸る」がある。久方ぶりにあらわれ出た底石の間を澄みきった川の水が細々と流れるのを目にするが、それは雨が少なく、山の水源地が雪と氷に鎖されるからだろう。厳寒期の細く青い吉野川を渡ったことがあるが、本の写真などではついぞ見たことのない表情だった。湖沼や滝も涸れたり、凍ったりする。諏訪湖の全面結氷と「御神渡《おみわた》り」は毎年話題になるが、轟音とともに氷が割れ、盛り上がり、筋となって湖面を走る現象である。諏訪大社上社の男神が下社の女神に通う道と伝えられ、筋の方向から農作物の作柄を占う神事である。近年は地球温暖化のため、出現の回数が減っているという。

氷河は高山の万年雪が氷塊となってじわじわ流れ下るもので、日本ではほとんど見られないことから歳時記に記載がない。しかし最近これを夏の季語と定めたいという俳人の方の文章を読んだ。（氷といっても氷水、氷菓は夏の季語である。）私は南半球の夏に船上から数日つづけて、ふるえながらチリのパタゴニア氷河を見たが、生きものの気配のない白い陸地は神の領域としか思えなかった。海に浮かんでいる氷片を船の乗組員がボートを出して採取、甲板でみなに分けてくれたが、ほのかにあまい味がしたのは気のせいだったろうか。

冬の海には暗い怒濤が押し寄せるが、太平洋岸では晴れた日には海は深い紺青となって漲る。岩場に寄せて砕けた波が泡となって風に飛ぶのを「浪の花」というが、奥能登や越前海岸辺りでよく見られるそうだ。

冬の雨は一気に夕暮れを引き寄せるように小暗く降る。大降りにはならない。音がしなくなったと思っていると、雪が舞っていることもある。冬の雨で代表的なものは「時雨《しぐれ》」である。晩秋初冬に降ったり止んだりする通り雨だが、その冬初めて降る時雨を「初時雨」という。

旅人と我名よばれん初しぐれ　　芭蕉

芭蕉が伊賀に帰郷する折りの句である。「旅人」という名で今日から自分は呼ばれて行くのだ、という決意を示している。折しもこの冬初めての時雨が掠っていった。道中尾張、美濃などに知人の多い旅であったから、わずかばかり時雨に濡れようとも心が躍ったのである。陰暦十月十二日の芭蕉忌を「時雨忌」ともいう。

私は四国にお遍路の旅に出たとき、この句が念頭にあって、「お遍路とわが名呼ばれし藪椿」と作った。新しい白装束で歩きはじめると、すぐに土地の人から「お遍路さん」と呼ばれて少し恥ずかしかった。

時雨は詩心の始動する趣の深い雨で、時分によって「朝時雨」「夕時雨」「小夜時雨」と呼ばれる。ひとところだけ降る「片時雨」、いっとき強く降る「村時雨」、横から吹きつける「横時雨」、北寄りの「北時雨」、京都北山の「北山時雨」などが知られている。京都の貴船で時雨にあったとき、止んだと思ったら、小さな虹が林の向こうにかかった。

元旦、または三が日に降る雨や雪は「御降《おさがり》」という。「おふり」といわないのは、正月早々「お古」に聞こえたり、涙を連想させたりするのを忌むからだという。元旦に汲む水は「若水」である（本書四二〇ページ参照）。その水で手や顔を洗うことは「初手水」で、はってみず、または、はっちょうず、という。これで正月の人になるわけだ。

寒の内（立春前の約三十日）の水は「寒の水」といい、微生物も何も寒さに死に絶えているわけだから、清潔きわまりない。むかしは餅が黴びないように、水につけて、水餅にしていた。形は崩れやすくなるが、冷蔵庫のない時代の知恵だった。寒の水で酒を醸造することを「寒造《かんづくり》」という。しかし「新酒」「古酒」は前項でも触れたが、秋の季語である。

「寒の雨」は寒の内の雨で、とくに寒に入って九日目（一月十三日ころ）に降る雨を「寒九の雨」と呼んだ。豊年の兆しとされるが、米どころの雪国ではおおかた雪だろう。歳時記は京都の気候に合わせて編まれたものだということが分かる。

「霙《みぞれ》」は雨まじりの雪で、「氷雨《ひさめ》」ともいう。津軽の人は「ぬれ雪」

というそうだ。岩手県花巻の人だった宮沢賢治は「みぞれはびちょびちょふってくる」(「永訣の朝」)と描写している。死の床の妹は「(あめゆじゆとてちてけんじや)」(あめゆきとってきてください)と兄に頼むのだが、霙のことは「あめゆじゅ」と言ったのだろう。(本書一四三ページ参照)

「霰《あられ》」は雪の結晶に水滴が付いて凍り、小さな氷の塊《かたまり》がぱらぱらと音を立てて降ってくるもの。「玉霰」は美称である。なお「雹《ひょう》」は積乱雲から降ってくる氷塊で、夏の季語。霰よりも大きく、ピンポン玉ほどになることもある。学校の窓ガラスが割れたりして、生徒が負傷したこともある。

さて「雪」は、水蒸気が上空で冷却・昇華し、結晶となって降ってくるもの。結晶の形から雪のことを「六花《りっか》」や「雪華」という。「雪月花《せつげっか》」といって、自然美を代表する一つである。

「初雪」は晩秋初冬に初めて降る雪。「根雪」は最後まで解けずに残る雪。雪国の人は、根雪になるだろう雪が降ってくるときは淋しいそうだ。

「沫（泡）雪」は泡のように消えやすい雪。「綿雪」は綿をちぎったような雪。「小米雪」は細かい雪、「粉雪」「小雪」は粉のようにさらさら降る雪。「深雪《みゆき》」は深くつもった雪だが、美称でもある。「風花《かざはな》」は晴天にちらつく雪。雪をかぶった山から吹いてくるが、一片の雪雲から舞い降りることもある。

雪を珍しがって見たり遊んだりする人たちのいる一方で、雪国に暮らす人たちにとっては、雪は悪いものであり、「白魔」である。ずいぶん前の冬、雪を見ながら歌仙（連句）を巻こうと新潟に遊びに行ったことがあるが、海辺に「雪捨場」という大きな看板があって驚いた。私ときたらそれを「霊捨場」と読み違えて怖い思いをした。しかし「魔」であってみれば、「霊」もそんなに遠いものではない。

歳時記には面白い季語もあって、「雪女《ゆきおんな》」などは虚をつかれる。「雪女郎」ともいい、民話や伝説に語り伝えられる雪の精である。若い女なのに白髪だとか、顔がのっぺらぼうだから振り向かないとか、雪山に迷った男に冷たい息を吹きかけて凍死させるとか、それらしく言われている。小説家・俳人の真鍋呉夫（一九二〇〜二〇一二）には『雪女』という句集がある。同書から一句。

雪女ちょっと眇《すがめ》であつたといふ

真鍋呉夫は福岡で生まれ、東京で暮らした。だから雪国の人ではないのだが、この振り向いた雪女は凄味もあるが、愛敬もある。他に「うつぶせの寝顔をさなし雪女」「足跡のかすかに蒼し雪女」など。雪国の人だったら、雪女とこんなに昵懇《じっこん》にはならないだろうが。

冬の新潟に行ったときにはまずいちばんに長靴を買ったが、去年二月に秋田市に行ったときもブーツを買った。雪国に行くと私は雪国の靴を買いたくなるらしい。

私たちの環境は水に取り巻かれている。水がなかったら、などと思うこともできない。水といったらまず液体を思い浮かべるが、それがさまざまな気象条件や時と所によって、気体、固体、あるいはそれらが合わさったものにすがたを変える。それは水というもののはてしのなさ、奥深さを表すものである。

さらに水は私たちの体内にもあるところから、私たちの行動や思考をコントロールする基になっているような気もする。私がこういうことを考え、書いているのも、私の中の水がさせているのかもしれない。

水に流す

日本人の心情には「水に流す」ということがあるようだ。過去の過ちを咎めず、なかったことにすること。咎められたほうでも言い分があろうから、ややこしくなることを嫌い、あまりしつこくしない。理詰めで追及しようものなら、両者の関係は壊れ、修復できなくなるかもしれない。それで「水に流す」。

このたびの大震災では方々で「絆」ということが言われた。助け合っていく中で「絆」が生まれるわけだから、そのためには小ぜり合いはやめたほうがいい。黒白をつけるのを回避するのは、農村など狭い共同体内部での争いが好ましくないからだろう。田植えのときは、豊穣を祈願するための神事をともなったりするので、一人勝手なことはできない。しかし田んぼの「水争い」ともなれば、話は別である。これは死活問題なので、「我田引水」もやむをえないのである。

古代には、川原や海辺で禊ぎが行われた。水で身を洗い清め、穢れを祓うのである。中国の文献にはすでに三世紀に「流杯曲水の飲」（曲水の宴のこと）が行われた、とある。『古事記』には、伊耶那岐命《いざなきのみこと》が黄泉の国から帰ってきたときに、「筑紫の日向《ひむか》の橘の小門《をど》の阿波岐《あはき》原」で、禊ぎ祓いをしたということが書かれている。阿波岐原は宮崎市阿波岐原町、また志賀島（福岡市）の辺りとする説があるが、そこの水で禊ぎをしたのである。顔を洗ったときに天照大御神らが誕生したということになっている。これがわが国では禊ぎの最初という。

中国の人に「水に流す」という心情があるのかどうか知らないが、そこは大河がゆったり流れる国といった印象がある。私は揚子江の支流漓江《りこう》を下る五時間の船旅を楽しんだことがあるが、まさに水墨画の峨々たる岩山を背景に水牛がのんびりと水に漬かっていた。川幅は狭くても清らかな急流のある日本の国土のほうが、このことばはしっくりする。

中国の牽牛・織女の二星の伝説と日本古来の棚機津女《たなばたつめ》のそれが結びついて、七夕の行事になったわけだが、私の子どものころは短冊や、色紙《いろがみ》で作った網や鎖を結わえた笹竹を祭の翌日、海に持っていって流した。短冊には里芋の葉の上の露をあつめ、それで墨を磨った。あつめるといっても、ほんのちょっとの水があればいいのである。草を背中にしょわせた二ひきの藁の小馬もいっしょに潮浴びをさせ、小馬は連れ帰って、その後屋根の上に放った。私が子どもでなくなったころは、公害になるからといって、笹竹を海に流すことは禁じられた。七夕さまの依りしろである笹竹は聖なるものであるから、短冊に書かれた人びとの願いとともに清らかな水に運ばれて、他界にお返しするということか。小馬には確かに禊ぎをさせたのだが、笹竹のほうはどうも禊ぎとはちがうようだ。短冊に書かれる人びとの願いは、欲望などとはいえぬ清潔なものが多いようだし。

播州で少年時代を送った連れ合いにたずねると、七夕の日には飼い牛を父親が洗ってやっていたという。これはやはり牛にも禊ぎをさせていたということだろう。

その後につづく送り盆では、楊枝の足をつけたナスやキュウリや紙細工の先祖花など盆棚の上のものをかつては海に流した。先祖の霊の中には中有《ちゅうう》に迷っているものや祟りをなすものもあるという考えから、禊ぎが必要なことは分かる。七夕の行事もお盆のそれと習合してしまったようだ。ともかく目に見えない穢れも、わずかな汚れも「水に流す」ことで、私たちは精神の安寧を得る。

海辺の町などでいまも行われている祭り神輿の「御浜降り」も、潮水によって穢れを祓う。そういえば会葬御礼として配られる清めの塩は、潮水で穢れを落とすのと同じことかもしれない。料理屋などの店先の盛塩《もりじお》も、縁起物だというが、やはり潮水の意味があるのだろう。

雨もまた潮水や川の水と同様、穢れや汚れをすすぐ働きをする。時と所を得た雨は「洗い」とか「清め」といった語を付けて呼ばれ、有り難がられる。たとえば「御庭洗い」は祭の後に降る雨で、神社の境内の砂埃をしずめる。「洗車雨《せんしゃう》」は陰暦七月六日の雨で、牽牛が逢瀬のために牛車を洗うためだという。「洗鉢雨《せんぱつう》」は陰暦七月十六日の雨で、盆行事に使った鉢などの道具類を洗ってくれる雨。「御山洗い」または「富士の山洗い」は、毎年富士閉山のころに降る雨で、登山者たちが残していったものを洗い流す。「伊勢清めの雨」は、十月十七日、神嘗祭《かんなめさい》の翌日に伊勢神宮に降る雨。祭祀の後を清める。「鬼洗い」という雨もある。大晦日に降る雨で、「鬼やらい」がなまったものという。鬼を洗うわけではない。この他地方によっては「七夕流し」や「不浄流し」、「お糞《ぐそ》流し」という名の雨も降る。

この国は自然災害が多い。川にかかる橋などもいたずらに頑丈なものにせず、大雨で川の水があふれそうになったときには、流してしまうほうが、水の通りがよくなり、被害が少なくてすむ、といった考え方もあったそうだ。橋でさえも水に流してしまう。しかしこういう話はいまや牧歌的にさえ聞こえる。

昨今の異常気象もからんでいるのだろうが、豪雨でどこかの川の堤防が決壊し、住宅地が水害に見舞われたといったニュースを、年に一度くらいは聞くようになった。森林の伐採や田畑の宅地化、ダムへの土砂の堆積、道路の舗装などによって大地の保水力が落ちたために、洪水を引き起しやすくなっているらしい。

台風もこの列島によく上陸するが、台風の大雨によってダムに水が溜まるということもあり、一概に来ないほうがいいとは言えない。天変地異によってこうむった被害を仕方のないものとしてあきらめ、一切を「水に流す」。こうした水の流し方もある。災害に鍛えられ、リセットしてやり直す、という積極的な意思も私たちは育んできたかもしれない。

ところで、福島の第一原子力発電所の事故の後、放射性物質を含む水を海に流したというニュースを聞いて驚いたが、その時点ではそうせざるをえなかったのかもしれないが、もしもじっさい「水に流す」ことにあまり抵抗がなかったとしたら、問題である。この事故は大地震と大津波の自然災害が引き金になったとはいえ、原子力発電所を造ったのは人である。そこには農村共同体の水はない。「リセット」できるものでもない。恐ろしいものを造ってしまった。

私たちは水がなければ生きられない者でありながら、水に悪しきものを流す。それはいつか、あるいはだんだんとこちらに返ってこないではいない。

水のオノマトペ

雨の音、川の音、波の音、液体をそそぐ音、飲み込む音、物を洗う音などを私たちはよくオノマトペ（擬音）をつかって表現する。ザーザー、しとしと、さらさら、ザブン、どくどく、とくとく、ごくん、じゃぶじゃぶ、といった具合である。ほとんど平仮名か片仮名なので、手ざわりというか肉感性がある。改めて辞書を引くまでもなく、ふだん日本語をしゃべっている人なら見当がつく。だが日本語を覚えようとしている人にとっては悩ましいことばだろう。翻訳者泣かせでもあろう。

草野心平の詩「言葉」(『マンモスの牙』所収、一九六六年)の中に、「春の雨を見る。〃しとしととは降らないな。/しとしととは。」という一節がある。「しとしと」というのは、こまかい雨が静かに降っている状態を表す形容語句であって、「しっとり」とか「しとやか」に通じているといわれる。このことばも最初に口にされたときには、新鮮だったろうが、それから多くの人の耳と肌になじんできたので、手垢がついてしまった。またそれゆえに日本語の形容語句として立派に認定されているのだが、もはやこのことばをつかって春雨の詩は書けないだろう。

草野心平は「しとしと」に代わる表現を見つけようとは思わず、このときは黙って春雨とそれに濡れるモッコクの木を見ており、沈黙をもって「しとしと」に換えたようだが、同じ詩集の中の別の詩で、夜、海の波が浜辺に寄せ、レースのようにひろがり、また沖に戻っていくさまをこう表している。

ごづごづ　わーる
ごづごづん　づわーる
ぐんうん　うわーる

（「夜の海」より）

波が力いっぱい押し寄せてくる。それが息を抜いたように砂浜に広がる。一波ごとに力が加わってくる。広がり方も大きくなってくる。

「ぐんうん」という音からは、荒い息さえ聞こえるようだ。「うわーる」には波の歓声を聞き取ることができる。三行一連としてこれが四度くり返される。同じ詩の中に「こんな夜更けの今頃だろう。／マンモスたちが歩いていたのは。」という一節もあって、このオノマトペとみごとに呼応する。「大きな海のなかにもどってゆく」引き潮の音としても聞こえてくる。

忘れがたい水のオノマトペは、金子光晴の詩「洗面器」(『女たちへのエレジー』所収、一九四九年)に描かれた音である。前書きの部分に、広東では洗面器にカレー汁を入れたりするが、「その同じ洗面器にまたがつて広東の女たちは、嫖客の目の前で不浄をきよめ、しやぼりしやぼりとさびしい音を立てて尿をする。」とある。この詩の最後の二連を掲げよう。

人の生のつづくかぎり
耳よ。おぬしは聴くべし。

洗面器のなかの
音のさびしさを。

歓楽の対象であった女性が、性行為の後、客の前で洗面器の中に放尿するという衝撃。だが詩人の心をゆさぶったのは、排尿の音だった。それはいのちの哀れさをむきだしにする音だ。「しやぼりしやぼり」

つまり「しゃぼりしゃぼり」と詩人の耳は聴いた。「しょんぼり」に語感が近い。こういうのが詩人の耳である。

ところで水のオノマトペには或る法則があるそうだ。

「たとえば、『ぶ』の音。『がぶがぶ』『げぶげぶ』『ざぶざぶ』『じぶじぶ』『しゃぶしゃぶ』『ずぶずぶ』『だぶだぶ』『どぶどぶ』と、二つ目の音に『ぶ』が来ると、すべて水や水分に関係のある音や様子を表す語になっている。二音節目の『ぶ』には、そうした意味を与える力があるのだ」（『暮らしのことば　擬音・擬態語辞典』山口仲美編、講談社、二〇〇三年）

面白いなあと思う。（こうなると例外を探したくなるが、「しぶしぶ」はどうなんだろう）。この辞書では見出し語の音韻的な分析や歴史的な背景も探ろうとしているが、参考図版としてコミック作家によるオノマトペを使った一コマが添えられていて、これがじつに的確で楽しい。ともに文化の辺縁にあって侮りがたく躍動しているのは事実である。

「ぶ」がなぜ水に関係があるのか、と考えていて、思い出したことがある。私の生まれ育ったのは千葉県の九十九里浜だが、子どものころ祖母が「おぶ、飲みな」と言ってお茶をついでくれたことである。「おぶ」は幼児語だった。半島のかたちに突き出した千葉県は文化の吹き溜まりといったところがあって、けっこう古いことばが残っているのである。結婚後、播州飾磨の連れ合いの実家に連れて行ってもらったとき、義母が「おぶうさん、えれたよって」とお茶をすすめてくれたとき、なつかしい感じがした。「おぶうさん」は女性だけでなく、男性も使う。京阪ではお茶またはお湯のことを「おぶう」といったり「ぶぶ」といったりするそうだ。「ぶぶ漬け」はお茶漬けのこと。

詩人たちは市民権を得たオノマトペをずらし、変形し、加えたり、引いたり、心の耳で聞いた音を創り出す。「しゃぼりしゃぼり」は衝撃的な背景もあって、やっぱり忘れられない。

水入り・水入らず

これが水、とだれでもが清水を手にすくい、示すことができるように、この国では水は豊かにたくわえられ、また私たちの周囲をめぐっている。私たちの体からして水をたくわえ、水を欲し、水をめぐらせている。そのために私たちは大むかしから、ものごとを水にたとえて条理をわきまえようとしたり、状況をはっきりさせたり、それとなく分からせたりしてきたようだ。水にまつわることばは、私たちが水をどのように思ってきたか、またそれとともに善し悪しにかかわらず、周囲や他のものに変化を及ぼすその働きを知らせてくれる。

まず「水入り」。一般的に使われるのは相撲の取り組みのときである。力が拮抗してなかなか勝負がつかず、膠着状態になって時間が経ち、双方の力士が疲れたようなとき、休戦となる。いっとき力水《ちからみず》で口をすすいで、勝負続行。

水は、ぶつかり合いから解放へ、緊張から弛緩へ、そして再び弛緩から緊張へ、ぶつかり合いへと力士たちをうながすものである。汗ふきタオルくらいではこの聖なる水の代役はつとまらない。

水入りになることを「水をかける」ともいうようだが、転じて人の感興を削ぐようなことをいって、座をしらけさせること。誰しも水をかけられては面白くない。この水は聖なる水ではなくて、そのへんの水だろう。

「水をさす」ということばもある。文字通り鍋に水をさす以外に、余計な口出しをして、せっかくうまくいっていたところをぶち壊す場合などにいう。「水をかける」ほど乱暴ではないが、どちらも悪い意味になってしまうのは、余計な口出しはするな、という戒めか。とかく内輪で固まりたがる日本人の性状を表していようか。

「水かけ論」は双方がはてしなく水をかけあうように主張を繰り返し、解決の見えない議論。水ではなく何か他のものをもってくる必要がある。

ところで「水入らず」ということばがある。「親子水入らず」とか「夫婦水入らず」とか言う。内輪の身近な者だけでまとまっていることだが、そうすると水は異物ということになる。水に親しみ、水の大事なことはよく分かっているのに、こういうことばがあって、しかもよく使われている。

「水くさい」とか「水っぽい」とかいうことばは、付き合いの上で他人行儀のことをするということ。もっと甘えてくれていいのに、情がないね、といったところである。水はさらさらして粘つかないので、それだけの意味だろう。

よく一方と他方を比較して「水と油」という。水は他のほとんどのものを濡らし、溶かすこともあるが、水と溶け合わない液体は、油である。それほど質の違った両者をたとえていう。親子の縁はなるほど油のようなものかもしれないが、夫婦はどうだろう。仲の良い夫婦が年を重ねると、お互い空気のような存在になるというが、脂気が抜けてくるということかしらん。

「水と炭」ということばもあって、やはり性質のちがうもの同士の組み合わせをいう。関係が非常に悪いときにもいうそうだが、これは炭のほうが分が悪いような感じがする。水で湿ってしまっては炭の役をなさないではないか。ところで、うちでは薬罐の中や風呂水の中に炭を入れている。ものの本によると水を浄化してくれるというのである。いつごろ「水と炭」というようになったか知らないが、身の回りの水がまだきれいだったころのことばであるのは間違いない。

水でなくて氷だが、「氷炭《ひょうたん》相容れず」ということわざもある。まったく性質が違っているので、双方互いの存在を認めることができない意。そういえば子どものころ古里の町には夏は氷を商い、冬は炭屋になる店があったことを思い出す。氷炭がいっしょに店頭に出ることはなかった。その後電気冷蔵庫と電気炬燵が出回ってからは、店はすがたを消した。

「水と火」も互いに相容れない関係をいう。火は水によって消されるが、水も火で温められれば蒸発する。「水火《すいか》器物《うつわもの》を一つにせず」(性質の違うもの、ひいては善と悪とを同じところには置けない) などという (本書九六ページ参照)。水と火が手を携えると「水火《すいか》の責め」といって、水責めと火責めのこと。「水火も辞せず」「水火を踏む」は、困難や危険をものともせずに励むこと。

「火水《ひみず》の争い」とは利害関係などを異にする者同士の苛烈な争いのこと。「火水になる」（過激な対立になる）、「火水に入《はい》る」（過激な状況に身を置く）、「火水も厭わない」（困難や危険も恐れない）という使われ方をする。

五行思想の水と火の元素の関係については一二七ページに記した。

水のことわざなど

この国は海に囲まれ、山々を縫っていまなお清らかな川が走り、冬中雪の降り積もる地域がある。山も平野も緑を育んでいる。水の粒々にすっかりおおわれているのだ。時として湿気で息苦しくなるときもあるが、乾燥しきっているよりはいいだろう。人のいのち、暮らしにどうしても欠かせないものは水である。私たちの体の約七〇パーセントは水分だというではないか。この原稿を書いている今は八月も下旬になったが、猛暑つづきで、テレビでは熱中症に気をつけて、小まめに水分をとりましょう、と呼びかけている。七〇パーセントを切らないようにしましょう、というわけだ。

「生ま水文化圏」ということばを聞いたことがある。この国では「水と安全はただ」というふうに言っていた時期がしばらくつづいた。外国のレストランではお水も買わなければならない、と聞いて驚いていたものだが、十年くらい前から私もペットボトルのミネラルウォーターを買うようになった。一時水道水がまずかったことがあるのだ。

二〇一一年の東日本大震災直後は、東京のスーパーマーケットで水のボトルがたちまち品切れになった。これは福島の第一原子力発電所の事故で、水道水に放射性物質混入の恐れがあり、人びとは水の汚染を恐れたからだった。近所のお店の棚に残っていたのは温泉水とかいう高級品だったが、それもじきになくなった。私どものところへは親切な関西の知人が水のボトルを一箱送ってきてくださった。

水ほど、私たちに必要で、また身近なものはない。飲み水のほかにお湯とか氷とか、雲、雨、雪、霧、霜、露、また川や海、涙や汗まで含めると、私たちの体の内外で水がひしめいている。私たちの行動をたしなめたり、しつけようとする水のことわざが多数あるのは、誰もが水に親しんでいるゆえに、言いたいことが伝わりやすいからだろう。ことわざからは、誠実に、だが賢くふるまって、非常識なことや目立つまねはせず、周囲と波風たてず、野心をもたず、ほどほどの望みをもって努力するのがいいという庶民の身の処し方を説くものが多いようだ。数種の故事ことわざ事典を引き、そこから目につくことわざなどを掲げて、思いつくことを述べてみたい。

覆水盆に返らず　　（『拾遺記』）

中国の呉の時代、漢の朱買臣の妻は、夫が読書ばかりしているので愛想をつかし、実家に帰ってしまったが、夫が後に出世すると復縁を求めてきた。ソデにした男が一躍有名人になると、女のほうから電話があったりするケースである。朱買臣はお盆の水をこぼし、これが元通りにお盆に返ったらそうしよう、と答えたということから。彼は水の本然の性質のようにわが身を律しようとした人だったのだろう。

上善は水の若《ごと》し　（『老子』）

「上善」とは最高の善のこと。このことばにつづき、「水はよく万物を利し、しかも争わず」とある。水のあり方に学ぶべしと説く。「君子の交わりは淡きこと水の若し」（『荘子』）ということわざもあるが、品格正しい人の交遊はべたべたせず、水のようにあっさりして、途切れることがない、ということ。ともに中国大陸を流れる大河の水の印象がある。

知者は水を楽しむ　（『論語』）

賢い人は無理なく遅滞なく巧みに事をなし、それが流れる水のようだということ。万事ソツのない人というべきか。深みに、はまらないようにして。

水を知る者は水に溺る

水に馴れ親しんでいる者が油断して水に溺れることもあるといういましめ。馴れることの怖さと同時に、水の怖さをも語っている。

上手の手から水が漏れる

水が器にぴったり添ってたまる性質から。どんな巧者であろうと、失敗することもある、という戒めと慰め。「河童の川流れ」「猿も木から落ちる」「弘法も筆の誤り」も類似のことわざ。「水も漏らさぬ」といえば、きわめて周到な用意や防禦、付け入る隙のない態度をいう。また非常に親しい仲をもいう。

水は方円の器に随う

（『宋史』など）

千変万化する水のしなやかさに着目したことわざ。人は付き合う人によって善くも悪くもなるということ。これはしかし人の暮らしの中の水であって、自然界の水は器を壊すほどのエネルギーを放出することがある。

水三合あれば大海 (『俚言集覧』)

三合といえば、五〇〇ミリリットルのペットボトルよりちょっと多いくらい。小鳥が水遊びするくらいの量だが、ごくわずかな水でも人が溺れることがある、というういましめか。とかくことわざは大げさだが。

水は舟を載せ亦舟を覆す (『荀子』)

水のおかげで舟は浮かぶが、一方で水のために舟は沈む。水の精と非情。同じ一つのものが恩恵を与えたり、害を及ぼしたりすること。水を人民、舟を国家にたとえることもある。

水の低きに就く如し　　　　（『孟子』）

低いほうに流れてゆくのは水の性である。それは自然というものである。ものごとがどんどん進んでいって、止めにくい勢いをもつ場合などにいう。水のエネルギーを身に感じているときだろう。「水は逆様に流れず」（『毛吹草』など）ということわざもあり、ごく自然で、順当な事態をいう。自然の理にしたがっているものの抗いがたさ。しかし自然のタガが外れることもあり、二〇一一年の東日本太平洋岸を襲った大津波は、高みにむかって押し寄せた。

水は三尺流るれば清くなる

澱んだ川の水は腐敗するが、流れている水は清らかに見える。「三寸流れれば水神様が清める」とも言った。この国では水は汚れを薄め、清めると考えられてきたので、「水に流す」（本書六〇ページ参照）という思想が育まれた。川の水でものをすすげば、泥は落ち、汚れは拡散してゆくが、しかし近代では工場などから排出された有害物質を川はそのまま運ぶこともある。新潟県阿賀野川流域には水銀汚染で第二水俣病が、富山県神通川流域にはカドミウム汚染でイタイイタイ病が発生した。「流れれば清くなる」とは言えなくなった。

水鏡《すいきよう》私《わたくし》なし

（『蜀志』）

水鏡とは、水や鏡ということ。水は平らかで、鏡は明るい。それらに向かっては人はおのれの邪《よこしま》なことや醜いことを認めざるをえないので、恨んだり、怒ったりしない。無私であれ、と教えるのだが、これはなかなか難しい。せめて平らかで明るい、つまり平明な文章を書くように心がけよう、と思う。

水に絵を書く　（『毛吹草』など）

努力した甲斐がなかったとき、自分は水に絵を描いていたのだった、と思う。むなしさだけが残る。「水に数書く」とも（本書一九五ページ参照）。

消えてしまうのは、砂に描いた絵も同じ。フランスの詩人レーモン・ラディゲは「砂の上に僕等のやうに／抱《いだ》き合ってるイニシャル、／このはかない紋章より先きに／僕等の恋が消えませう。」（堀口大學訳）とうたった。

水の月取る猿

水に映った月を取ろうとして、猿たちは知恵を出し、互いに尾をつかんで高い枝から水面にぶら下がったが、その重みで枝が折れ、みな水に投げ出されて溺れ死んだということで、めっそうもないものを欲すれば失敗するというういましめ。不可能なことに知恵を出して挑戦することが嗤われるべきこととは思わないが、とんでもないようなことを目指す人がうるさがられたか。「水の月」はつかまえられない景物の代表格で、「陽炎稲妻水の月」と言った。

（『日葡辞書』）

水火《すいか》器物《うつわもの》を一つにせず

水と火のように、互いに相容れないものを同じところに置くことはできないということ。善悪についても同様、「悪貨は良貨を駆逐する」というが、善悪は火水ほど単純ではない。「水をもって火を滅す」は、火はたやすく水によって消されるということで、ものごとが安易にはこぶことのたとえ。

水中に火を求む

（『梧窓漫筆後篇』）

ありえないこと、不可能なことに労力をついやすことの愚かしさを嗤うことわざ。「木に縁《よ》りて魚を求む」「天を指して魚を射る」「水を煮て氷を作る」など類似のことわざがある。しかし古来なにごとかをなし遂げた人たちは、常識ではありえないと思われることに挑戦してきたのだった。

水喧嘩は雨で直る

死活問題ではあるが、「我田引水」というように、自分の田にだけ水を引くと、水喧嘩が起こる。そのようなとき天から水が降ってくると、双方安堵し、いがみ合いは中止になる。喧嘩の原因を取り除けば、たいてい仲は修復できるということ。

雨垂れ石を穿つ　　　（『文選』）

「小水石を穿つ」「水滴石を穿つ」ともいう。

雨垂れのせいで軒端の下の石に小さな穴が開いているのを見たことがある方は、ずいぶんいらっしゃるだろう。角のない、やわらかなかたちの穴である。微々たる力でも倦まずたゆまず続ければ、目に見えて驚くほどの効果を生む、ということ。江戸時代、三十年余をついやし、鑿をふるって青ノ洞門を開削した僧禅海を思うが、日常生活では、いくらコツコツ努力してもついにむくわれず、自己満足に終わるのならまだいいが、下手をすれば世を恨んだり、すねたり、人をののしることにもなりかねない。とくに人間関係では単純に一定の力を持続して加えれば、どうにかなる、というものでもない。或る編集者に聞いた話だが、彼は出勤前に決まって近所の翻訳者の家に立ち寄り、原稿の督促をしていた。数ヵ月後、突然、「いい加減にしてくれ」と怒鳴られたということである。奥さんが音を上げたそうだ。雨垂れが石を割ってしまったのである。

（『世話尽』『毛吹草』）

焼け石に水

熱く焼けた石を冷まそうとして、水をちょっとばかりかけても、たちまちジュッと蒸発してしまうことから、少々の努力ではむくわれない事態をいう。水は火に打ち克つものだが、分量の問題もある。先頃訪れた秋田県男鹿半島の宿で、石焼き料理が出た。味噌汁の入った樽の中に真っ赤に焼けた石を数個入れ、鯛の切り身などを放り込むパフォーマンスを見せてくれた。立ちのぼる煙の中、魚はたちまち火が通る。焼け石の威力には驚嘆した。

水清ければ魚棲まず　　（『孔子家語』）

水があまりに透明だと隠れるところがなくて魚が棲まないように、あまりに清廉で潔癖な人格では他の人が逃げ場がなく、息苦しく思って近寄って来ないという意。福沢諭吉『福翁百話』に「水清ければ魚なし、人智明なれば友なし」とある。諭吉自身はどうだったのだろう。自然界では、しかし鮎のように清流にしか棲まない魚もいる。「清濁併せ呑む」ということばもあるが、これは度量の大きいこと怪魚のような人だが、政治家には多いタイプかもしれない。「水清ければ月宿る」（『神霊矢口渡』）ということわざもあり、月は神仏の加護を表すそうだ。

魚心あれば水心　（『関取千両幟』）

魚に心があれば、水にもそれに応じる心がある、というふうに説明され、相手に厚意を示されれば、こちらもそれに応じようとすることだという。「私は魚です、あなたは水です、頼りにしています」という態度を示されれば、じゃあ水になってやろうか、ということにもなる。「水を得た魚」ということばがあるが、一転思いどおりの環境を得て、いきいきすること。水が合ったのだろう。

魚にとって水はもちろん死活問題。うちでいま飼っているのはメダカだが、私は日なた水に中和剤を入れたのを毎日少しずつ交換している。デパートの淡水魚売り場の人が、「水道水はダメですよ、自然の水でなければ」というので、雨水は自然の水だろう、と思い、雨水をそそいだところ、全滅させてしまったことがあった。東京で降る雨は酸性雨なのか。売り場の人は川の水を汲んできなさい、と言うつもりだったようだ。真夏に一ぴき二ひきと死んでしまうこともあった。メダカは水温が二十五度以上になると、生きていられないそうだ。知らなかったとはいえ、かわいそうなことをしてしまった。餌より何よりまず彼らに合う水を用意してあげなければ――。
「水心あれば魚心あり」（同書）ということわざもあるが、相手の出かたによって、こちらの出ようもあるということだそうで、どちらが水で、どちらが魚と考えることもなさそうだ。ともかく水と魚は切っても切れない関係で、「水魚の交わり」といえば、信頼しあった君臣や夫婦をいう。逆にお互いにはじきあうのは「水と油」である。犬猿の仲どころではない。

水広ければ魚大《うおだい》なり

（『淮南子《えなんじ》』）

水が広ければ、魚は大きくなるということ。海が広いので、鯨は鯨になれたというべきか。植木鉢では植物も大きくならない。転じて環境がよければ、人も大成するとか、上に立つ者の度量が大きいと、部下も大きく育つとかいう意味になるそうだ。しかし海には鰯もいれば、白子《しらす》もいる。「魚大小なり」のほうがいいなあと、私などは思うが、面白くないか。面白くなくても多様性を尊重したい。

水積りて魚聚《うおあつま》る　（『淮南子』）

水の浅いところには魚は集まらないが、深いところには自然と魚が集まってくる。徳のある人のもとに人が集まるというのではなくて、得になりそうなところに人が集まるということのようだ。品数豊富なバーゲン会場を考えればよいか。

水積りて川と成る　　　　　　　　（『説苑』）

「水積りて川と成れば、則ち蛟竜《こうりょう》生ず」とつづく。「蛟竜」とはまだ竜とならない、みずち。古くはミッチといい、水の霊のこと。胴体は蛇で、四脚をもち、雨が降ると竜になって天に上ると信じられた、中国の想像上の動物。小事をおろそかにしてはいけないということで、よく知られたことわざに「ちりもつもれば山となる」がある。「大洋も一滴の水からなる」は外国のことわざという。「シャワーも水滴の集まり」は近年できたことわざだろう。出典不明。

水行して蛟竜を避けざるは漁父の勇なり　（『荘子』）

漁師はたとえ恐ろしい蛟竜に出会おうとも、水上を行く勇気をもっている。どんな苦難が待ち受けていようとも恐れず、泰然としているのがよいということ。かっこいいなあと思うが、蛮勇と紙一重である。

「蛟竜水を得《う》」ということばもあり、君主や英雄が時を得たときのたとえ。

水の中の土仏《つちぼとけ》

「土仏」は泥土で造った仏像。水に入れればすぐに形が崩れてしまうところから、長続きしないこと。筆者は子どものころ砂浜で泥の舟を造って遊んだ。寄せ波のとき舟の中に立っていると、大海に向かって舟が進水していくように見えた。水の中の泥の舟は素敵だった。騒いでいるうちに崩れてしまうところもよかった。

（『女殺油地獄』『毛吹草』）

籠で水汲む

籠といったら、穴のあいたひしゃくどころの話ではない。不可能なことに労力を費やしても無駄であることのたとえ。

水を担って河頭に売る　（『句双紙抄』）

水をかついで行き、川のほとりで売っても、商売にならない、という意。かつて川の水がきれいで飲み水になった時代には、愚かなことだった。いま花火大会のときなどは川岸に飲料を売る露店が並ぶ。

塩辛を食おうとて水を飲む　（『可笑記』など）

塩辛を食べると、しょっぱいので喉がかわくことが分かっている。さきに水を飲んでおこう、という人の間抜けぶりを嗤うことわざ。前後がちぐはぐなこと。

年寄の冷水《ひやみず》

老人が冷や水を飲んだり浴びたり、年に不相応なことをするのを、ひやかし半分、体に悪いからといましめることわざ。スポーツや趣味など案外上手で長続きする老人もおり、本人は「年寄の冷水」と照れるが、若いときに経験を積んでいたのが土台になっているらしい。

ことわざは中には時代に合わなくなったものや、疑うべきものもあるが、私たちが暮らしの中で水をどんなふうに見てきたかということを端的に語っている。いのちを育むものであると同時に奪うもの、流れてやまないもの、低いほうに流れていくもの、たっぷりあるもの、勢いのあるもの、隙間のない緊密なもの、消えるもの、当てにならないもの、あっさりしているもの、火・油と相容れないもの、異物、空腹をしのぐかつては無料だったもの……と多様である。

いろいろに姿を変え、とらえがたく、神仏と鬼の働きをするものは水である。これに匹敵するものはない。

参考文献

『暮らしの中のことわざ辞典』折井英治編（集英社、一九六二年）
『故事ことわざの辞典』（小学館、一九八六年）
『水の言葉辞典』松井健一（丸善、二〇〇九年）

水の神

古代人は生物、無生物を問わず、森羅万象すべての自然現象に魂が宿っていると信じていた。アニミズムの世界である。私など幼いころはともかく、いまではさすがに無生物の魂は感じとることができないが、物を粗末にしたらバチが当たる、と祖母に教え込まれた記憶は残っており、物を捨てるときに私を躊躇させる。

古代には周囲に浮遊し、こちらをうかがっている魂をありありと感じていたと思われるが、その中で、かしこく、畏るべきもの、貴いものが神と呼ばれ、その祟りが怖れられた。『古事記』は七一二年に成立した現存するわが国最古の歴史書だが、上巻は天地開闢神話から天孫降臨説話など神代の話が中心である。

「天《あま》つ神」というときの「天」は「雨」と同根のことばという。雨のことは「天つ水」といった。国文学者の坂本勝は『古事記』の神話空間に循環する水のイメージに注目している。「水辺の葦原〔豊葦原〕に雨降る光景が、自然の豊かさの原風景となって、人々の心を潤す。そういう心が、国家と王権の絶対化に向かいつつあった古事記の『天』を、大地に生きる人々の生活経験の世界に辛うじてつなぎとめている」（坂本勝『古事記の読み方――八百万の神の物語』岩波新書、二〇〇三年）。坂本は『古事記』の中にみずみずしい古代人の心を読み取ろうとしたのである。

ここでは『古事記』に登録された水の神をたずねてみようと思う。古代の人びとが、人にとって不可欠のものである水に神威をみたということは、彼らがいまの私たちよりずっと敬虔な心を抱いていたということだろう。いまの私たちは自然に対して不遜でありすぎる。

この国には八百万《やおよろず》の神々がいますといわれているだけに、水の神についても一柱だけではなく、まさに水のように複雑多岐な現れ方をしているようである。荒れ狂い、盛り上がり、洪水を引き起こす水もあれば、鏡のように静まる水もある。こんこんと湧き、迸る水もある。いずれも人の力や企みを超えるものであって、そこに神の力を見るのは容易だろう。水の神々を『古事記』の記述から順に辿ってみよう。

国生みの終わった伊耶那岐命《いざなきのみこと》と伊耶那美命《いざなみのみこと》は次に神を生んだ。「ナキ（ギ）」や「ナミ」は蛇をあらわすとされている。八番目に、大綿津見神《おおわたつみのかみ》を生んだ。もっとも大きな水である海をつかさどる神である。この神は地上に降る雨をもつかさどる。山幸彦に「吾《あれ》水を掌《し》れる故に」（私は水を支配しているから）と語っているところから、古くは海神が水の支配者と信じられていた。

それからの神がつづく。水戸《みなと》（河口）の潮流の神である速秋津日子神《はやあきつひこのかみ》、速秋津日売神《はやあきつひめのかみ》の男女二柱が生まれた。速秋津日売は渦潮が根の国、底の国に流れ込むところにあり、罪やケガレを一口に呑み込むのだそうだ。彼らが河と海を分けもって、沫那芸神《あわなぎのかみ》、沫那美神《あわなみのかみ》、また頰那芸神《つらなぎのかみ》、頰那美神《つらなみのかみ》を生んだ。その名から水面が凪いでいる状態と波立っている状態を調整する神々であるようだ。古代の人びとは海や河が荒れたり、静まったりするのも神のみこころによるものと信じていたのだろう。夫婦神であるところから、さらに子や孫世代の名の知れない神神が誕生したことと思われる。

次に水を配分する神である天之水分神《あめのみくまりのかみ》、国之水分神《くにのみくまりのかみ》が生まれた。「分《くまり》」は配りの意。前者は雨の神であろうか。後者は配るだけの水を貯えた水源の神であり、分水嶺の神であろう。治水をつかさどり、山の神とも結びついている。平安時代から「みくまり」がなまって「みこもり」と発音されるようになり、御子守明神と呼ばれて、安産の神としても信仰されるようになったという。この説は分かりやすいが、水は生命力を蘇らせるものであるので、水神に子の生育を祈るのは、考えてみれば自然だろう。河童も水神の眷属であるが、以前訪れたカッパ淵のほとりの祠には、乳房の形の供えものが積まれていた（本書三一三ページ参照）。

その次に、ひさごで水を汲んでほどこす神、天之久比奢母智神《あめのくひざもちのかみ》、国之久比奢母智神《くにのくひざもちのかみ》の二神が生まれた。「ひさご」は夕顔や瓢箪の果実で、縦半分に割り、中をくり抜いて乾燥させ、柄をつけてひしゃくとして使用するもの。じっさいに手を下す雨水の神と治水の神か。

さて伊耶那美命は火の神である火之迦具土神《ひのかぐつちのかみ》を生んだために、陰部を焼かれて病臥してしまった。尿から弥都波能売神《みつはのめのかみ》という水の神が生まれた。糞尿は土を肥やし、穀物の生育を助けることから農耕との関係も深いという。しかし水をもって火を鎮めるには時すでに遅く、伊耶那美命は神避《かむさ》られた。

弥都波能売神は罔象女神とも書く。神話に見える水神のうちもっとも典型的なものと目される。谷川健一氏は『古代海人の世界』(小学館、一九九五年)で「『ミ』は水、ツは助詞で、ハは蛇の古語のハハに由来すると考えられる。ミツハは水の蛇でミヅチ(蛟)類と思われる」と書いている。蛇は水神の表徴であるといわれているが、それを納得させる読みである。

伊耶那美命の死をいたむ伊耶那岐命の涙からは泣沢女神《なきさわめのかみ》が生まれた。『万葉集』に泣沢女神を祀った神社に祈る歌がある。

泣沢の神社《もり》に神酒《みわ》据ゑ祈れども我が大君は高日《たかひ》知らしぬ(二〇二)

（泣沢の神社に神酒をお供えしてわが大君の蘇りを祈ったが、大君は空高く上っていかれた）

高市皇子《たけちのみこ》の娘かという檜隈女王《ひのくまのおおきみ》が、神社を怨む歌だという。泣沢女神は泣き叫ぶことで、死者の魂をこの世に呼び戻す霊力があると信じられていたようだ。中国、朝鮮半島から伝わった葬送儀礼の「泣き女」の神格化といわれる。「沢」は多《さわ》の意。水が多く湧き出るところといえば、泉、井戸、湖沼であり、泣沢女神は井戸神、新生児の守護神としても信仰された。

伊耶那岐命は腰に帯びた剣を抜いて、妻を殺した火之迦具土神の首を切った。刀のきっさきについた血から岩石の神が、本《もと》の血からは雷神が成り、柄から指の間につたった血からは、闇淤加美神《くらおかみのかみ》、闇御津羽《くらみつはの》神《かみ》という神が成った。「闇《くら》」は谷であり、「龗《おかみ》」は水をつかさどる竜神とされる。源流の神というわけだが、民間信仰では雨や雪をつかさどる神とされている。

さて伊耶那岐命は妻を取り返そうとして、「黄泉《よみ》」の国に追ってゆく。「黄」は、中国北部は黄土地帯であることから、大地を表わす。春には中国から黄褐色の砂塵がこの国まで飛来するが、それは黄塵《こうじん》と呼ばれる。「泉」があれば、人はそこで生き延びることができるが、死して後も何らかのかたちで生活が可能となるようにという当時の人びとの願いが「黄泉」という字に感じられる。

黄泉の国で蛆のたかった妻の汚れた体を見てしまった命《みこと》は恐れ逃げ

帰って、筑紫の小門《おど》(小さい港)の阿波岐《あわき》原で禊ぎをする。投げ捨てた杖や帯からは六柱の陸路の神が、装身具からも六柱の海路の神が成った。水の底、中ほど、表面で身をすすいだときに、それぞれ三柱の海神が成った。これが文字で記されたわが国の禊ぎ祓いの初めだろう。

そして最後に左のお目を洗ったときに天照大御神《あまてらすおおみかみ》、右のお目のときに月読命《つくよみのみこと》、お鼻のときに建速須佐之男命《たけはやすさのおのみこと》の尊い御子神を得られた。三貴子の出自に水が作用しているということは、それぞれが大いなる水の神でもあることを示しているようだ。とくに建速須佐之男命には海原を治めるように委任されたのである。

ところが速須佐之男命は国を治めず、あごひげがみぞおちのあたりに届くほどになっても泣きわめくばかりだった。「其の泣く状《かたち》は、青山を枯山《からやま》の如く泣き枯らし、河海は悉《ことごと》く泣き乾《ほ》しき」というのである。亡き母の国に参りたい、というのであった。すさまじい泣きようだが、母恋しさにしてもこれはいったいどういうことなのだろう。私は「泣き乾す」という矛盾したことばにとらわれてしまった。岩波文庫版『古事記』の倉野憲司校注では「寺田寅彦博士は、噴火のために草木が枯死し、河海が降灰のために埋められることを連想させると説かれている」とある。じっさい古代の人びとはそのような景色を見たことがあるのだろう。

速須佐之男命は涙を流さず、涙を目のうしろにためるようにして泣いたのかもしれない。山と海の水を吸い上げるくらいに烈しく涙をためたのかもしれない。王朝時代の和歌には男性でもこぼれる涙をうたって恥じるどころか、繊細な心の現れであるかのようによくうたわれるが、上代のこの乾いた涙、あふれるのではなく、吸い込む涙の主のエネルギーには驚嘆する。

速須佐之男命の度を越したふるまいのために、わざわいが頻発し、伊耶那岐大御神は命《みこと》を放逐した。命は天照大御神に一言申してからと思い、天に参上する。心の清明なことを証すために二神は「誓《うけ》い」(言語呪術)をして、剣と勾玉を天上界の聖泉である天《あま》の真名井《まない》にすすいで子を生む。天照大御神は五柱の男神を、速須佐之男命は三柱の女神を生んだ。命は、自分の心が清明なので手弱女《たわやめ》を得た、と勝ち誇る。これらの女神は日本の代表的な海の神、宗像三女神《むなかたさんじょしん》である。その一柱が市寸島比売命《いちきしまひめのみこと》で、のちにインド古代のヒンズーの神、弁財天と習合することになる。

水の表情や働き、場所によって、ずいぶん多くの水の神が生まれているが、その中には祖神の気づかないうちに生まれた、名もない自然の精霊もいたことだろう。水神や水霊はしばしば龍蛇や人のほか、鰐、亀、鰻、時に猿、獺《かわうそ》、水蜘蛛などに化身すると信じられてきた。水神の使わしめには田螺《たにし》などがある。

数年前、四国遍路のとき、足摺岬の近くの宿に泊まった朝、私が洗面所で痰を吐いたら、これから紙に包んでごみ箱に捨てるように、と宿の女主人にたしなめられた。荒神《こうじん》さまはきれい好きだから、と。荒神は竈の神といわれているが、水まわりのほうも見ていられるのかもしれない。遍路道の辺りではいまも八百万の神々がうようよとしていられるのだ、と思ったことだった。

みずのえ、みずのと

「みずのえ」は壬と書き、「みずのと」は癸と書く。それぞれ水の兄、水の弟ということだが、水の陽、水の陰という意味だそうである。これらは十干《じっかん》の中に挙げられている。十干とは古代中国で、自然環境が生命に及ぼす影響は、太陽と地球の位置関係によって異なるとし、その特色を十通りに考察したものである。「干」とは幹の意。甲（こう・きのえ）、乙（おつ・きのと）、丙（へい・ひのえ）、丁（てい・ひのと）、戊（ぼ・つちのえ）、己（き・つちのと）、庚（こう・かのえ）、辛（しん・かのと）、冒頭に記した壬《じん》・癸《き》が十干である。つまり木、火、土、金、水の五元素の輪廻・作用である「五行」に、それぞれの兄弟を配して十種類としたものである。

水という一元素は、季節でいえば冬（旧暦十、十一、十二月）、方角でいえば北、色は黒が象徴関係に当たるという。

この五元素はどういう順序で生成したかというと、もっとも微かな存在の水から始まるという。つまり水、火、木、金、土の順である。「相生《そうじょう》」という相互関係はプラスの関係で、木生火《もくしょうか》、火生土《かしょうど》、土生金《どしょうきん》、金生水《きんじょうすい》、水生木《すいしょうもく》とされている。つまり木は火を生じ、火は土を生じ、というふうに読んでゆく。しかし水のところになると、私にはすらすらと読めなかった。金が水を生じる、とはどういうことだろうか。

『広辞苑』にはその説明はない。他を探してみると、「金属の表面に凝結により水が生じる」と書かれている本が二冊あった。確かに湿気が多いと、硬貨も汗をかくが、水滴が生じるくらいで、水を生じるといえるだろうか。大海の水を生むにはどれほどの金属が要るだろう。

吉野裕子著『十二支――易・五行と日本の民俗』(人文書院、一九九四年)によると、「金気は即、殺気である」「金気は五行の中で最強で不義を伐つことをその本性とする。あるいは春の『生』に対し、秋の『殺』の象徴で、万物を粛殺することをその本性とする」とある。金が水を生じるというのは、金がすべてを粛殺してしまい、後にはこの世の始まりと同じようにただ水だけがある、ということではないだろうか。そしてその水から「水生木」、木が育ってゆく……。

相互関係でマイナスのほうの循環は「相剋」という。「木剋土《もくこくど》」「土剋水《どこくすい》」「水剋火《すいこくか》」「火剋金《かこくきん》」「金剋木《きんこくもく》」。こちらのほうの水の働きは見やすい。土が水を制する、というのは水害のときに土嚢を積んだりすることから分かる。水が火を制するのは言うをまたない。

陰陽五行説は循環する宇宙観、世界観を表したものだが、人体もまた小宇宙と考えるようだ。これは四季のめぐる地方で育った思想であることが分かる。複雑で精緻な体系は私などには理解の外だが、大元のところはうなずかれるものが大いにある。この国の祭りや民俗なども吉野氏の著作によれば、五行思想にいわれのあるものが多いというが、明治時代に迷信と決めつけられ、表向きには捨て去られたそうだ。が、それでもこの宇宙原理はしぶとく現代社会に生き残っている。残滓としては、火・水・木・金・土と曜日の名に地上の五種のエネルギーとしての五行があるではないか。天上のそれは日・月の名をもつ曜日である。

十干十二支を略して干支《えと》というのは、兄弟《えと》という意味である。これは暦法の一つでもあって、十干と十二支を組み合わせて年を表す。たとえば「きのえさる」というようにして、その人の生まれ年とその人がどういう気のもとにあるかをいわば分類するのである。

歴史上でも壬申《じんしん》の乱、戊辰《ぼしん》戦争、辛亥《しんがい》革命などにその名が残っており、現代でも、甲子園は一九二四年甲子《きのえね》の年に出来たからそう命名されたのだそうである。干支の第一番の年を日本でも特別のことと見たのだろう。

還暦というのは今日の日本でも数え年の六十一歳のことを言い、生まれ年の干支に戻ったということで、一つの人生を生ききり、次の人生に生まれ変わるとされ、赤いチャンチャンコなどで祝う。ところで組み合わせは十×十二で百二十通りあるはずなのに、なぜ、と思い、百科事典で「干支」を引いてみた。「えと」ではなく、「かんし」を見るようにという矢印があった。「かんし」が正しい日本語というわけか。ともかくここでなぜ六十通りなのかが分かった。総当たり制ではないのである。つまり兄のほうは子、寅、辰、午、申、戌と組み、弟のほうは丑、卯、巳、未、酉、亥と組むので、五×十二で六十ということになるわけだ。

干支から運勢を判断したり、相性を占ったりするのは、迷信でしょ、と思っていても、内心では気になる、という人もいる。私の八十代の叔母はイギリスのエリザベス女王、故サッチャー元首相と同い年だが、「私は火だから、水に勝てない」などとよく口にする。「ひのえとら」の生まれなのである。火と寅だから、かなり強い運勢をもっていると思うのだが。おまけに「ひのと」ではなく「ひのえ」というのは、火なら火の性質が強く働くのだそうである。

現在でも恐れられているのは「ひのえうま」の年に生まれた女性で、気性が激しく、夫の運勢を喰ってしまうといわれている。そのために出生数がその年には激減することが統計上から知られている。

私は「きのえさる」で、私の中に木の性質が働いていると思えることは嬉しい。私は木を尊敬しているからである。あるいは私が「きのえ」の生まれだから、木を尊敬しているのか。こういうことは考えても分からない。水を敬っているのも、私の中の木が水を求めているからか。

水の性をもって生まれた人と、火の性をもって生まれた人が夫婦になったらどうなるのか、と思っていたが、じつに私の両親がそうであった。母は「みずのえいぬ」の生まれで、父は「ひのえたつ」である。性格的には逆で母は火に、父は水に近い人だが、もう七十年も連れ添っている。

巷には未来を予知し、吉凶や運勢を告げるべく霊能者、人相見、手相見の人もいれば、占いの本や雑誌の記事もかなりあって、生まれ年や生まれ月、姓名、家相、風水、印相などいろいろな角度から未知の世界を模索しているようだ。古代には水占《みなうら》もあった。水占《みずうら》は水に影を映したり、宝石を投じてその音を聴いたり、油を流してその模様から吉凶を判断した。半世紀前の子どもたちは下駄を投げ飛ばして、明日の天気を占ったものだ。花占い、夢占いなどもある。トランプ占いなども神意を伺うということなのだろう。

人はよく分からないところに惹かれるものである。以下は水の性質をもった「みずのえ」「みずのと」生まれの人の気質や他の人との相性がどんなふうであるか、いろいろ読みかじったり聞きかじったりした上で、想像したものである。

「五行」の中の木、火、土、金のいずれにもなくて、水にだけある特質を考えてみると、流動するもの、ということがいえる。流動するゆえに、「水は方円の器に従う」（本書九〇ページ）。大きな器であっても小さな器であっても、またどんな形であっても、ぴったりと内部を満たす。土はそれが細かい砂であってもこうはいくまい。ここから協調性に優れる、という美質が引き出される。

「みずのえ」（一九二二年、三二年、四二年……二〇一二年生まれ）は水の兄であるから、水の中でも勢いのある水、大河、洪水の水であり、また大きくたまった水、つまり海洋である。流れる水のように行動的で大胆、付き合いがよく、速やかに事を運ぶ人である。

「ひのえ」にしたがえば、水蒸気となって天に上り、雨を降らせ、万物を養う（私の両親の組み合わせだが、一見「みずのえ」の母のカカア天下だが、母は父を立てているのだろう。子どもたちにとっては慈雨をそそいでくれる慈母である）。

ただし、したがえないときは相手の力を削ぐことになる。

「つちのえ」にしたがえば、川となって堤防土の内側を滞りなく流れ、生を全うする。したがえないときは波瀾を生じる。他方「つちのと」にまじわれば、土は五穀を生育させることができるが、過度になると水が濁り、土も変じ、過ちを犯すことになる。

「きのえ」「きのと」の木とは相性がよいが、抑制が必要。

一方、「みずのと」（一九二三年、三三年、四三年……二〇一三年生まれ）は水の弟であるから、池や沼沢、水滴、雨露、小川の水など静かな水である。

「かのえ」の金気により水が濁る。

「ひのえ」「ひのと」の火、「つちのえ」「つちのと」の土とは大過なく過ごす。

慎重で冷静、持久力に富み、絶えず努力を続け、弁舌さわやか。自分を大海や大河のように見せつけようなどと虚勢を張らなければ、物事がうまく運ぶ。管理能力に優れる。

このような記述は水の擬人化といっていいだろう。おのれの中に五元素の一つを認めたら、分をわきまえ、とくに「え」である人は「と」の人よりも抑制を心がけることが、自分を生かし他を生かすことになると考えたようだ。五元素のよりよい循環のためである。

末期の水

出版社に勤めていたころ、先輩の女性の病気見舞いに行ったことがある。手術が成功して数日を経ていた。私が花束を差し出すと、「ありがとう。ちょうどよかったわ。いま水かえてきたばっかり」と言って、枕元の水だけ入った透明なガラスの花瓶を示した。その方は会社では役員だったのに、お掃除のおばさんみたいにそこらの目障りなものを片づけていた。アメリカ資本の出版社に勤めていたことがあって、アメリカ人の清潔好きが移った。花が枯れると、植木鉢ごと捨ててしまうし、私が置いていたコーヒーを淹れる器具も捨てられてしまった。私は夜中に喉が渇くので、当時はコップの水を枕元に置いて寝ていたが、ガラスの花瓶の水にはぎょっとした。臨終の人のようだと思った。誰かお花を持ってきてくれるかもしれない、という合理的な気持ちと、きれいな水を見ていたいという感情が合わさったのだろうが。

「私、死ぬときは、海だァッと言って死にそうな気がする」

と言っていた。南国の海辺で育った方だった。

ところで病気見舞いに椿の花や、白一色の花束などは持っていってはいけないといわれている。椿の花は花首ごと落ちるから、また白花だけでは死者の花になるから縁起が悪い。ある病詩人は白い花束を受け取ったが、見舞い客が帰った後、こんな力が残っていたのかと思わせる勢いで花をぜんぶひきむしったそうだ。私は別のある方にアヤメを持っていったことがあるが、後で「殺《あや》める」という言葉が浮かんで、青ざめた。

臨終の人が水をほしがるという話を聞く。真冬にスイカを食べたいといわれて、困ったという話も聞いた。いまだったらデパートに行けば年中手に入るけれども。禁じられていた酒を所望したという人の話も聞いた。彼は吸呑みで酒を一口すすり、目をつむって、やがて息を引き取ったという。

原民喜（一九〇五〜五一）は郷里広島市に疎開したときに、被曝。頑丈な家の厠にいたため原爆症は免れたが、健康はそこなわれた。その体験から以下に引く「水ヲ下サイ」など一連の詩、小説「夏の花」などが書かれた。異常な状況下で、水を欲する人びとを目のあたりにしたのである。下サイといわれても詩人は水をもっていなかったかもしれないし、もっていたにしても、瀕死の人の数はおびただしかった。こんなにうなされる状況はないだろう。

その光景は誰にとっても受け容れがたいものだった。かろうじてことばが、ただたどしい片仮名が出てきた。それは鋭い訴求力をもつ。

水ヲ下サイ
アア　水ヲ下サイ
ノマシテ下サイ

死ンダハウガ　マシデ
死ンダハウガ
アア
タスケテ　タスケテ
水ヲ
水ヲ
ドウカ
ドナタカ
　オーオーオーオー
　オーオーオーオー

――中略――

ヒカラビタ眼ニ
タダレタ唇ニ
ヒリヒリ灼ケテ
フラフラノ
コノ　メチヤクチヤノ
顔ノ
ニンゲンノウメキ
ニンゲンノ

宮沢賢治（一八九六〜一九三三）の絶唱「永訣の朝」も瀕死の妹がほしがる「あめゆじゅ」（雨雪）から始まる。冒頭の十三行を引く。

けふのうちに
とほくへいつてしまふわたくしのいもうとよ
みぞれがふつておもてはへんにあかるいのだ
（あめゆじゆとてちてけんじや）
うすあかくいつさう陰惨《いんざん》な雲から
みぞれはびちよびちよふつてくる
（あめゆじゆとてちてけんじや）
青い蓴菜《じゆんさい》のもやうのついた
これらふたつのかけた陶椀《たうわん》に
おまへがたべるあめゆきをとらうとして

わたくしはまがつたてつぽうだまのやうに
このくらいみぞれのなかに飛びだした
（あめゆじゆとてちてけんじや）

「（あめゆじゆとてちてけんじや）」は、最愛の妹トシの岩手のことばで、「雨雪とってきてください」という意味である。このことばが詩の中で四度くり返されるのだが、それは賢治の頭の中で谺しているということである。「ふたつのかけた陶椀」ということばが異様である。ふつうは葬列が出発するときに死者の使っていた茶碗を落として割るのだが、詩人はすでに割れた陶椀を幻視し、妹の死を覚悟している。詩の最後で雨雪が「天上のアイスクリーム」に変わって、「おまへとみんなとに聖い資糧をもたらすやうに」と祈っている。アイスクリームは当時はまだ珍しい贅沢な食品だった。賢治は発表後に「天上のアイスクリーム」を「兜卒の天の食《じき》」に訂正しているが、このほうが祈りの気持ちが強く出ると思われる。「兜卒の天」は弥勒菩薩が住んでいるという浄土。

詩人が暗い天からもらってきた「あめゆじゅ」が妹の聖なる食物になると同時に、妹も聖なる者へ変身を遂げますようにと、詩人は真心から祈るのである。

兵庫県生まれの農民詩人で、児童詩運動にも寄与した坂本遼（一九〇四〜七〇）にも死に水をとる詩がある。詩集『たんぽぽ』所収の

「お鶴の死と俺」より最初の三連を引く。

「おとつつあんが死んでから
十二年たつた
鶴が十二になつたんやもん」
と云うて慰められてをつたお鶴が
死んでしもうた

はじめて氷が張つた夜《よさ》やつた
わかれの水をとりに背戸へ出て

桶に張つた薄い氷をざつくとわつて
水を汲んだ

お鶴はお母《か》んとおらの心の中には
生きとるけんど
夜《よさり》おそうまでおかんの肩をひねる
ちつちやい手は消えてしもうた

「俺」は詩人その人ではないが、詩人のじっさいの「お母ん」も農作業を女手一つで営んだ人だった。父親は教育者だった。「俺」はざっくと力を入れて桶の氷を割った。悲しみの強さが伝わってくる。氷は

「お鶴」の死を清らかに決定づけるものだ。心を合わせて暮らしてきた一家三人と牛一頭の農家を襲った悲劇を播州弁で描いたものである。亡くなった妹が世話をした牛を売って旅費を作り、兄は母を養うために働きに出る。「仏になつとるお鶴よ／許してくれよ／おら神戸へいて働くど」と決意を告げて詩は終わる。お鶴がなぜ死んだか、いまさらせんないことは書かれなかったが、末期の「水」は書かれなければならなかった。祈りを託すものとして。

『遊女』などの詩集で知られる茨城県生まれの詩人・寺門仁（一九二六〜九七）には第一詩集『石の額縁』所収の「唇」がある。全文を引く。

その老婆は
生れた家の水を欲しがった
およめさんが汽車にのって
一しょうびんをさげて汲んできた

ぼくは笑い乍らいった
どっかの水でもわからなかったろうと

それはそうなのだが

人は大きな力に要請されるのだ
だれも汲みに行く
徒労な水を汲みに行かねばならぬ

生が死によって奪い返される
祭典に参加する

老婆の生命は回帰する　赤い着物《べべ》さえ脱ぎ捨て
遥か昔の片言葉も溶け
燃える水に　いそぐ

水の味は土地によって変わる。詩人が「どっかの水でもわからなかったろう」と笑ったのは、「老婆」の生家は汽車に乗るとはいえ、それほど遠いところではなかったのだろう。関東平野の「どっか」近い二つの定点を楕円になして生活してきたのだ。詩人は詩人らしからぬ自分の言葉をすぐに取り消す。「祭典に参加する」とか「生命は回帰する」とかいう表現は生硬だが、人は生まれてすぐに飲んだのと同じ水を末期にも飲むことで、幼児期に還り、一生の円環を閉じるものだと言いたいのだろう。「燃える水」とは、死にゆく人が全身全霊で求めるので、奔騰し、燃え上がるように思われる水をいうのだろうか。

人のいのちがまさに終わろうとするとき、縁者により唇を水でうるおす習俗を「死に水をとる」とか「末期の水」という。半世紀以上もむかしのことになったが、祖母が亡くなるとき、水をつけた筆で青ざめた唇をなぞった。厳粛な儀式だった。最近では病院から自宅に連れ帰った死者に執り行うことが多いそうだ。

水を与えるのは、宮沢賢治と寺門仁の詩にあるように、臨終の人の生理的要求にこたえるためでもあるが、古来水には呪力があって、魂を奮いたたせるものと信じられた。無言の魂呼びである。また水には物だけでなく心の汚れをも洗い流す浄化力があるとされ、死者の穢れを清めて死霊を他界に導くものと考えられた。お仏壇やお墓に水を供える風習も、私たちが水の霊威を信じるからである。

II

万葉の海

古代の人びとは、とりわけ『万葉集』の歌を遺した多くの律令貴族たちは、どんな思いで海を見ていたのだろうか。海をうたった歌が同書には少ないとよく指摘されるが、試みに拾っていくと、その数は私が想像していたのよりはるかに多かった。海に近い難波京をのぞけば、都は大津京、藤原京、平城京、恭仁京、長岡京などみな内陸にある。貴族たちは海よりも山の自然に親しみ、そのせいで海を恐れているような印象があったので、意外な感じがした。旅に出て海を見るのは、或いは船で海を行くのは心ときめくことだったようだ。

『万葉集』の巻頭近くに好ましい海の歌がある。

熟田津《にきたつ》に船乗りせむと月待てば潮もかなひぬ今は漕ぎ出《い》でな（八）

（熟田津から船出しようとして、月の出を待っていると、潮も満ちてきた、さあ漕ぎだそう）

熟田津は現在の愛媛県松山市の辺り。斉明天皇七（六六一）年、百済《くだら》救援のために斉明天皇の御船は筑紫に向かって出航し、途中熟田津に停泊した。作者は額田王と記されているが、同天皇の御製という説もある。月と潮が加勢してくれているという堂々たる歌いぶりである。一行の士気も大いに上がったことだろう。だが翌々年白村江《はくすきのえ》の戦で、日本百済連合軍は唐新羅《しらぎ》連合軍に大敗した。

このため翌六六四年、対馬・壱岐・筑紫などに、おもに東国から徴用された兵士・防人《さきもり》を置いて防備に当たらせ、大宰府《だざいふ》に水城《みずき》を構築した。攻めが守りに転じたのである。

また律令国家は海路よりも陸路を整え、国司の往復や各地からの庸・調の輸送も陸路が原則となり、七本の官道が整備された。物資の輸送なども海路のほうが労力が少なくてすむので、不自然な話だった。海路では目が行き届かぬとでも考えたか。軍事目的があったか。いずれにしろ律令国家の行政上必要とされた措置だったが、八世紀前半には再び海上交通が盛んになったという。

遣唐使については九世紀ころまで十七回派遣されたが、東シナ海の横断には遭難がつきもので、いったん事が起これば喧しく伝わったことだろう。都の人びとは海に対して身を引くようになっていった。

もちろん列島には海の民がおり、この人たちは舟を操って魚を獲り、藻塩を焼いて塩を得、鮑や真珠を手に入れ、海草を採っていた。彼らが歌を詠んだら、きっと朗らかな勇ましい歌だったろうと思われるが、文字を知らなかった。

貴族たちは海を見ないで育ったこともあり、海をうたった威勢のいい歌となると、ごくわずかであることは仕方がない。

……浅野の雉《きざし》明けぬとし立ち騒くらしいざ子どもあへて漕ぎ出む

にはも静けし（三八八）
（……浅野の雉が、夜が明けたと、羽を打ち鳴らしているようだ。さあみんな、頑張って漕ぎだそう。凪だ）

奈呉《なご》の海人《あま》の釣する舟は今こそば舟棚《ふなだな》打ちてあへて漕ぎ出め（三九五六）
（奈呉の海人たちの釣舟は、今こそ舷を叩いて頑張って漕ぎだしてくれれば）

奈呉の海に舟しまし貸せ沖に出でて波立ち来《く》やと見て帰り来む（四〇三二）

(奈呉の海に舟をしばし貸せ。沖に出て波が立って来ないか見て帰って来よう)

一首目は若宮年魚麻呂《わかみやのあゆまろ》が誦んだ歌だが、当人のではなく、よみ人知らず。「には」は庭。漁場としての海面をいう。

二首目は国司の宿舎の主人・八千島の宴席での歌。客間から海原が望めたのである。「奈呉の海」は現在の富山県新湊市の放生津潟《ほうしょうづ》。古くは鹹水湖であったかという。高岡市までの海浜は「奈呉の浦」と呼ばれた。

三首目は大伴家持の館を訪れた橘諸兄の使者・田辺福麻呂《たなべのふきまろ》の歌。いずれも海を前にして心躍りしているさまがうかがえる。私など海辺に育った者にはこうでなくてはと思えるのだが、中には「波立つなゆめ」（ぜったい波は立ってくれるな）「あらしな吹きそ」（嵐よ、吹くな）などと、こわごわ舟に乗る貴族もいた。

つともがと乞はば取らせむ貝拾《ひり》ふ我を濡らすな沖つ白波（一一九六）

（お土産をとねだられたら、上げようと思って貝を拾っている。私を濡らすな、沖の白波よ）

よみ人知らず。貴族たちは海が珍しく、家人へのお土産に珍しい貝殻や美しい玉を拾うのである。長い袖や袴は波に濡れやすい。この歌などは宴席でうたわれたのかもしれない。濡れるのをいやがったわけではないだろうが、こううたったほうが、さまになる。

海に恋心を託すのも、後に記すように川と同様である。類型化したものが多いとはいえ、胸にひびくものがある。

大和道《やまとぢ》の島の浦廻《うらみ》に寄する波間《あひだ》もなけむ我《あ》が恋ひまくは（五五一）

（大和道《やまとじ》の島の岸辺に寄せる波のように絶え間もないことでしょう、私が恋い慕うのは）

葦辺《あしへ》より満ち来る潮のいや増しに思へか君が忘れかねつる（六一

七）
（葦辺《あしへ》から満ちて来る潮がふくれあがるように、思いがふくらんで、あなたのことを忘れられません）

大船のたゆたふ海にいかり下ろしいかにせばかも我《あ》が恋止まむ
（二七三八）
（大船でさえ揺れやまない海に、いかりを下ろし、いかにしたら私の恋は静まるのでしょうか）

一首目、よみ人知らず。宴席での歌か。
二首目は山口女王《おほきみ》が大伴家持に贈った歌。心情がこもっている。

三首目、よみ人知らず。この歌は機知の歌のようだ。

海に関する言葉で、いくつか枕詞になっているものもある。「いさなとり」は捕鯨のことだが、海の枕詞。「大船の」は、思ひ頼む、「海《わた》の底」は、奥《おき》の枕詞である。「海人小舟《あまおぶね》」は小さな漁船をいうが、停泊するの意をこめて「泊」つまり泊瀬にかかる。これらは歌に具体性を与えるとともに、歌柄を大きくする働きをしているようだ。

いさなとり海や死にする山や死にする死ぬれこそ海は潮干《しほひ》て山は
枯れすれ（三八五二）

（鯨を捕った海が死にますか。山が死にますか。いや死ぬのです。

死ぬからこそ海の潮は干いて、山は枯れるのです）

世に不変のものはないという虚無感をうたった、よみ人知らずの旋頭歌。こういう思想をうたえるのは、防人などではなく学識をもった官人だろう。自然破壊が危機感をともなって問題になっているいま、この歌は悲壮な現実味を帯びてきた。

おしまいに海を映像的にうたった名歌を掲げておこう。

若の浦に潮満ち来れば潟《かた》をなみ葦辺《あしへ》をさして鶴《たづ》鳴き渡る（九一九）

（若の浦に潮が満ちてくると、干潟がなくなり、葦原のほうへと

鶴が鳴きながら渡ってゆく）

山部赤人の聖武天皇従駕歌である。若の浦は和歌山市南部にある歌枕の一つ、和歌浦。和歌山市・和歌山県の名も赤人の歌にちなむという。国土を讃美することが、そのまま天皇の御代を讃えることにつながると考えられたようだ。

参考文献

『網野善彦著作集』第十巻「海民の社会」（岩波書店、二〇〇七年）

恋する川

『万葉集』には、恋する自分の心の働きが川のありようと同じであるとする歌が何首か収められている。なぜ万葉びとは川の水に、自らの恋を投影していったのだろうか。

古代の人びとは自然のあらゆる事物に神のみわざを認めた。海神《わたつみ》、渡りの神、山神《やまつみ》、河の神、道の神、坂の神、田の神（田植えの時期、山の神が変じたものといわれる）など……八百万千万《やおよろずちよろず》の神々がうようよしていらっしゃった。自然が荒れ狂ったときは、神が怒って罰を下されていると恐れた。このたび東日本大震災に遭って、私は初めて、人間たちの慢心に対して神々の罰が下されたのではないかという悲しみをおぼえた。

この国は温暖な気候に恵まれ、雨も多く、木々の繁茂する山々は清らかな水をたくわえ、渓流から大河となって土をうるおし、海にそそいでいる。万葉びとたちは自然に育まれて、その一員をなしていることを自覚し、自然に調和する生きかたをしてきた。現代に生きる私たちはいまになって「自然を大切にしよう、地球に優しくしよう」などと叫んでいるが、私たちがしてきたことといったら、自分たちの利便のために海を埋め立て、山に穴を開けてトンネルを通し、山里の村を水に沈めて巨大なダムを造り、都市部の川には蓋をして暗渠となし、地面をアスファルトで覆うなどし、自然のむきだしのすがたが見えなくなるのを文明と称してきたのである。自然を畏怖した万葉びとと、自然を克服しようとしてきた私たちとの差異はあまりに大きいが、なんとか万葉びとたちの魂に添っていきたいものだ。

さて川は川の神の肉体であり、心であるとする考え方はどうだろうか。川となって流れる神さまがいらっしゃるのである。神のなしたもうたことをなぞることは、神の意にかないこそすれ、そむくものではないと考えたのではないか。

歌を神々に奉ることは、魂を手向けることだった。それは言霊のもつ呪力に負うものだが、祈りといってよいだろう。

川の水が絶えず流れているように、変わらぬ愛を誓うという趣旨の歌が『万葉集』にいくつも載せられている。天変地異によって川の流れが滞ったなら（そんなはずはないのだが）、恋は全うしないだろう、というのも同じ趣旨の反語的表現である。お気に入りの定型的な表現となっているようだ。『万葉集』の歌で私が感動するのは、恋の駆け引きなどのような遊戯的で装飾的なところはいっさいなしに、ひたすらにわが恋を見つめ、恋人を見つめているところである。

泊瀬川流る水沫《みなわ》の絶えばこそ我《あ》が思ふ心遂げじと思はめ（よみ人しらず、一三八二）

（泊瀬川を流れてゆく泡が絶えたなら、あなたを思う気持ちを全うしないことになるでしょうが、そんなことはない）

三輪山の山下とよみ行く水の水脈し絶えずは後も我が妻（よみ人しらず、三〇一四）
（三輪山の麓をとどろくばかり流れゆく川の水脈が絶えない限り、ゆくゆくは私の妻だ）

わたつみの海に出でたる飾磨川絶えむ日にこそ我が恋止《や》まめ（よみ人しらず、三六〇五）
（海に注いでいる飾磨川が途絶えでもしたら、私の恋も終わるだろうが）

三首目の飾磨川は兵庫県姫路市を流れ、播磨灘に注いだ川だったが、いまその名はない。後世になると、治水工事の結果、川のすがたが変わり、名前も変わって、万葉びとが恋の誓いをたてた川もどこをどう流れているのかいないのか、定かでなくなった。しかし川の流れはおぼつかなくても、彼らの恋は、彼らがいなくなった後でも、この歌が伝えられる限り不変だろう。そう思うと、なにか不思議な感じがする。

この他、一首の中に恋の言葉があれば、「下行く水」「水隠《みごも》り」というたって、心の底では愛していながら、人目をしのんで表立った行動に出ないことをあらわす。「水行き増さり」は、恋する気持ちがつのり、ということ。「速き瀬」は激情を、「(水が)砕けて」は心が千々に乱れて、ということ。「中淀」は往来が途絶えること。「(水が)しがらみ越して」とは、川の水を堰き止めるための障害物（杭を打ったところに竹や小枝をからませたもの）を越してゆくほどの激しさをもって、ということである。

万葉びとたちは、自らの恋を川に寄せてうたったときから、言霊の力により、まさしく川のような、美しい一筋の恋心を得たのではないかと私は思っている。

雅語の川

たとえば「水無瀬川《みなせ》」は歌心をそそる川の名前である。最初この川の名は、涙川などと同様普通名詞として使われた。水が伏流水となって砂や岩の下を流れ、水音はするものの表面は涸れているように見える川のことである。秘めた恋の思い、人目を忍ぶ仲をこの川の名に託したりした。

恋にもそ人は死にする水無瀬川下《した》ゆ我《あれ》痩す月に日に異《け》に　（笠女郎

『万葉集』
（恋のためにも人は死ぬものです、水無瀬川のように人知れず痩せていくのです、月ごとに日ごとにこんなにも）

事にいでていはぬ許《ばかり》ぞみなせ川したにかよひて恋しき物を（紀友則『古今集』）
（言葉にして言わないだけです、水がないように見える水無瀬川のように、心の底深く恋心がかよっているのです）

一首目は大伴家持に贈った歌。自分は「水無瀬川」のようです、というのは、あなたを一途に恋い慕うあまり、息も絶えだえです、ということだが、優雅さを通り越して、肉声が聞こえるようだ。二首目は「水無瀬川」という名にたよった歌で、どこか言い訳めいており、愛人をなだめるような感じである。

また「水無《みな》し川」という川を詠んだ歌もあり、これはその名のとおり、天の川を現した。

ひさかたの天《あま》つしるしと水無《みな》し川隔てて置きし神代し恨めし（よみ人しらず『万葉集』）

（天のものの印として水無し川である天の川を越境禁止として境に置いた神代は恨めしい）

これは機知の産物といった歌だが、じつは「水無瀬」という地は大阪と京都の境に実在し、そこを流れる水無瀬川は淀川に注ぐ川である。後鳥羽院の離宮・水無瀬殿が造営され、のち後鳥羽院御影堂で宗祇らによる有名な法楽連歌「水無瀬三吟百韻」が巻かれた。後鳥羽院の有名な御製を一首掲げておこう。

見わたせば山もとかすむ水無瀬川夕べは秋となに思ひけん（『新古今集』）

(見渡すと、山の麓に春霞がかかって、水無瀬川が流れている。春にはこんな素晴らしい景色があるのに、夕べの景色は秋がいいと、どうして思ったのだろうか)

後鳥羽院は水無瀬川の春の風光を愛されたようである。この地が歌枕になったというのも頷けよう。

歌枕として誰もが知る土地は飛鳥であろう。言うまでもなく古代文化の中心地である。ここを流れる飛鳥川は禊ぎを行う川で、大和川の支流である。ふだんは水量の少ない川だが、大雨が降ればたちまち水かさを増して氾濫し、奔放に流れる。そのため淵瀬の定めないことで知られている。また「明日香川」と読んで、きのう、今日、明日と掛け詞のように用いられもした。

世の中は何か常なるあすか川昨日の淵ぞ今日は瀬になる（よみ人

しらず『古今集』)
(世の中に常住不変なものがあるだろうか。あすか川のきのうの淵も今日は浅瀬となっているではないか)

よく知られた歌である。川が月日の流れを暗示しているわけで、調べもよく、飛鳥川を見たことのない人びとでも、よろこんで口の端にのせたことだろう。『枕草子』にも、「河は飛鳥川。淵瀬もさだめなく、いかならむとあはれなり」と記されている。

花の名所である吉野も有数の歌枕だが、そこを流れる吉野川は、紀ノ川の上流をなす川で、奔流として知られている。吉野は山に囲まれ、峰々から流れる川は吉野川へと注いでいる。水の聖地でもあって、吉野水分神社《みくまりじんじゃ》が鎮座している。

吉野川岩浪高く行く水のはやくぞ人を思ひそめてし（紀貫之『古今集』）

（吉野川の急流が岩にぶつかって高くしぶきを上げる波のように、ずっと以前から人を思い初めたことです）

恋心のはげしさを吉野川の急流に託した歌だが、律令国家の基礎を築いた天武天皇に始まる吉野の歴史が加わって、優雅で格調の高い歌いぶりになっている。

吉野川よしや人こそつらからめはやく言ひてし言《こと》は忘れじ（凡河内躬恒『古今集』）
（よしあの人が私につらくあたろうとも、以前に約束したことは私は忘れまい）

この歌の「吉野川」は、「よしや」を出すための枕詞となっている。「はやく」は前に引いた歌にもあるが、その縁語。枕詞は元々は呪術的な言語表現だったようだが、ことわざから発したものもある。直接的なもの言いを避け、まず美しい言葉を置くことで、歌としての体裁や呼吸をととのえ、内容を単調でなくするための装置になっていった。いまとなっては意味不明の言葉もあるが、平安期に入るとこれは激減した。

この他にも、淀川、竜田川、音羽川、衣川などがよく歌に詠まれた。じっさいの川の印象や思い出、評判もさることながら、川の名前から自由に想像をくりひろげたり、巧みに詠み込んだりして歌の世界を豊かにしていったのである。


東京の街を歩いていて、曲がりくねった道に出ることがある。川だったのが、上に蓋を渡されて、暗渠になってしまったと知らされると、曲がりようがなぜなつかしく思われるのかが分かる。

私の住まいの近くには、不忍池に注いでいた「藍染川」という川が流れていたそうだが、いまはない。シジミ川、螢川ともいわれて、きれいな川だったという。近くに螢坂があるが、関係があるのかどうかは分からない。「藍染」は旧町名だが、いまは通りの名として残るのみになった。探せば誰か恋の歌でも詠んでいそうだが、誰も詠んでいなければ、「藍染川」は死んだ川ということになるだろう。

うたかた

「ゆく河の流れは絶えずして」と始まる鎌倉前期の歌人・鴨長明（一一五五？〜一二一六）の『方丈記』は、世の中の人やその住まいも「うたかた」「水の泡」「あさがほの露」などに似てはかないものだと説き起こしている。「うたかた」は漢字で書けば泡沫、水の泡のこと。「うたかた」とは「浮く玉形」が元のかたちであるという説もある。

著者の仏教的無常観を育てたのは、実際に体験した五つの天変地異だったようである。安元三（一一七七）年の大火、治承四（一一八〇）年の辻風、養和年間（一一八一〜八二）の大飢饉、元暦二（一一八五）年の大地震は、人びとをふるえあがらせ、末世の到来と恐れられた。現代の私たちも東日本大震災、原子力発電所の事故により被災。科学万能の世だが、いやそれゆえの末世が近づいているようにも私などには思われる。

現代の私たちも自然災害に対しては自分の身は水の泡のように無力だと感じる。しかし人災である原子力発電所の事故に対してはそんなふうに思うわけにはいかない。私たちはもうまろやかな水玉になることさえできないのである。

ところで水の泡に、はかなさを見るまなざしは、平安時代ころからあった。紫式部らと交友があった赤染衛門（九五七頃〜一〇四一以後）に次のような歌がある。

雨降れば水に浮かべるうたかたの久しからぬは我身なりけり
（雨が降ると水に浮く泡のように、はかないのは我が身です）

中古三十六歌仙にも数えられ、不遇だったとは思われない人だが、仏教思想のゆえだろうか、世を楽しまぬふうである。
同時代人である藤原公任（九六六〜一〇四一）も次のようにうたう。

ここに消えかしこに結ぶ水の沫のうき世にめぐる身にこそありけ

れ
（こちらで消え、あちらで結ぶ水の泡のような世に浮遊する我が身である）

『方丈記』の「うたかたは、かつ消え、かつ結びて」の語句は一般に使いならされたことばだったかもしれない。「うたかた人」ということばは和歌に見られるが、はかなく死にゆく人のことをいうと同時に、思い人のこともいう。はかない恋の人。

現代に生きる私たちも「水の泡」とか「水泡に帰する」といえば、徒労感を漂わせる表現として使う。平安時代からの気分が染みついているのだろう。二十数年前、泡ならぬ「バブル」がはじけた、とよくいわれた。急騰した相場が暴落したのだが、泡銭《あぶくぜに》が消えたというわけである。

平安時代以前はどうだったかを見るために、遡って『万葉集』を眺めてみよう。山上憶良（六六〇～七三三頃）の歌を引く。

水沫《みなわ》なすもろき命も栲縄《たくなは》の千尋《ちひろ》にもがと願ひ暮らしつ（九〇二）

（水の泡のようにはかない命も、千尋にも長くと願い暮らした）

「栲縄」は楮《こうぞ》から採った繊維で、「栲縄の」は長いという意味のことばにかかる枕詞。一尋は両手を広げた長さだそうだ。もっともっと長くと両手をひろげているような感じがあって、いかにも若々しい歌いぶりである。命のはかないことは承知しているが、それでもできるだけ長く、充実した命を生きようという力強さがある。

水の泡をはかなさの象徴とする見方は、秋に草葉などに結ぶ露にも似た感興とともに、独得の美意識を育てていったようである。「露の身」とか「露の命」「露命」「露の世」「人生朝露《ちょうろ》」などというが、ここでは万葉人のように、はかなさに抗う句を読んでみたい。

生残る我にかゝるや艸の露　一茶

（しぶとく生き残る私に、はかない草の露がかかっている）

生きて帰れ露の命と言ひながら　正岡子規

（戦争から生きて帰ってくれ。露の命とは言うけれども）

一茶の句はすがすがしい草の露に蘇生の思いを味わっているようにも読める。子規（一八六七〜一九〇二）の句には反骨と真情がある。

水に書く

水の上に文字を書いたり、絵を描いたりする人はいないが、「水に書く」といったら、はかないことの象徴とされている。でも驚くべきことに、いまは水の上に字を書く技術も開発されているとか聞く。何のためかは知らないが、水の上に文字が浮き上がって見えるのだそうだ。「水に書く」ということばが象徴的な意味を失って、即物的な意味でのみ使われる時代が来るのだろうか。面白いといえば面白いが、本稿は新技術以前の話である。私はやはり水の上よりも液晶画面の上よりも紙の上の文字がいい。推敲するときは紙の上でなくては頭が働かない。液晶画面をいくら見つめていても、腑に落ちるところまで行かないのである。「眼光紙背に徹する」というが、液晶画面では私のやわな眼光ははじき返されてしまう。

じつは液晶画面の文字も私にははかなく見えてしまう。ボタン一つで、あるいはなんらかの故障であとかたもなく消えてしまうのは、いくら保存機能が内蔵されているといっても頼りないし、恐ろしい。むかしの人は和紙に筆である。書いてから時間が経った水茎の跡は、水で洗い流そうとしても墨が落ちないそうだ。それは「草紙洗い小町」の伝説などで有名である。

謡曲の一つになっているが、内裏の歌合せの前、小野小町の吟じる歌を盗み聞いた相手方の大伴黒主がそれを草紙に書き取り、当日古歌であると難じるが、小町が草紙を洗ったところ消えたという筋である。「水に書く」とは、どういった心境なのだろう。古歌を読んでみよう。

水の上に数書くごとき我《わ》が命妹《いも》に逢はむとうけひつるかも（二四三三）

（水の上に数を書くように、はかない私の命ゆえ、あの娘《こ》に逢わせてほしいとお祈りをした）

ゆく水に数書くよりもはかなきは思はぬ人を思ふなりけり（五二二）

（流れゆく水の上に数を書くより、もっとはかないのは、私のことを思ってもくれぬお方を思うこと）

水のへにかずかくよりもはかなきはおのが心をたのむなりけり
良寛
（水の上に数を書くより、もっとはかないのは、自分の心をたのみとすること）

一首目は『万葉集』の「人麻呂歌集」より。必ずしも人麻呂の作ではないという。「数書く」は数取りのために線を引くこと。「うけふ」は神に祈ること。水の上に命の線を引くような、はかない世だから、せめてあの娘との逢瀬を、と素朴に祈る若者。

二首目は『古今集』より。よみ人知らず。振り向いてもくれない人に心をつくしても報われないむなしさを、流麗にうたい上げている。三首目は他者との関係というよりも自分の心に向かっている。自恃の心といった堅苦しいものはさておいて、水の流れのように、おのれをむなしくして生きてゆこう、こだわりをなくし、自然のままに身をゆだねるのがよいと諭しているようだ。

話は泰西に飛ぶ。イギリスの詩人ジョン・キーツ（一七九五〜一八二一）の墓はローマにあるが、墓碑銘は以下の通りである。

Here Los One Whose Name Was Writ in Water
（その名を水に書かれし者、ここに眠る）

この謎めいたことばは遺言によるという。キーツは結核の療養のために滞在していたローマで、二十六歳の若さで客死した。詩人としての名声は高まっていたが、この世の名声のはかなさを思い、絶望のうちに息を引き取ったといわれる。自分の詩は没後に消えてしまうだろうと想像したのか。

水に書くことのはかなさは東西に共通するが、東の国では心が水にしたがうような生き方をする人びともいるが、西の国のロマン派詩人は「おのが心をたのむ」生き方をしたのだろう。私も東の国に生まれ、自分の名前「順子」の中を流れる細い川にしたがうところがある。

山頭火と生死の水

漂泊行乞の自由律俳人として知られる種田山頭火は、明治十五（一八八二）年瀬戸内海の周防灘に面した、山口県佐波郡西左波令《さばりよう》村（現・防府市）の大地主の家に生まれた。中国山地から周防灘へと流れ込む佐波川から取水した水が、屋敷回りの溝をよどみなく流れていた。山頭火は溝のほとりの道を歩いて小学校へ通った。現在「山頭火の小径」と呼ばれているそうだ。よく水の句を詠んだが、その原風景は佐波川であり、村内を流れる澄んだ水であったろう。

忌まわしい水の記憶がある。山頭火が九歳のとき、母が自宅の井戸に投身自殺したことである。肺結核に加えるに神経衰弱と夫の遊興が原因といわれている。山頭火は後に「ああ亡き母の追懐！私が自叙伝を書くならばその冒頭の語句として――私一家の不幸は母の自殺から初まる――と書かなければならない」と日記に記している。

以後の山頭火の足跡をかいつまんで記すと、山口尋常中学卒業後、早稲田大学文学科に入学するが、二十一歳のとき神経衰弱のため退学、帰郷。父は家政に失敗、隣村に種田酒造場を開業した。山頭火は父の意思により二十六歳で結婚、後を継いだ。酒造場の前には旦浦が広がっていた。酒造りにはあまりよい条件の土地ではなかったそうだ。

結婚して一年後、長男が生まれる。家長の責任が重圧と感じられるようになった。当時のエッセイにこう記している。「僕に不治の宿痾あり、烟霞癖也、（中略）風の吹く如く、水の流るゝ如く、雲のゆく如く飛び歩きたし、而して種々の境を眺め、種々の人に会ひ、種々の酒を飲みたし、不幸にして僕の境遇は僕をして僕の思ふ如く飛び歩かしめず」。結婚生活には向かない男だった。父親の血を引いたのかもしれない。溺れるように酒を飲むようになった。

子連れては草も摘むそこら水の音
死なばよき水とろとして若葉濃き影を
水音かすかにまた時雨る森のしめやかさ

荻原井泉水主宰「層雲」発表の句。水は若き山頭火の周囲で甘美な音を立てていたようだ。

二年つづけて酒蔵の酒が腐敗し、三十三歳のとき種田家破産。山頭火は妻子を連れて熊本に逃げ、古書店（のち額縁店）「雅楽多」開業。翌々年弟が自殺。三十七歳のとき戸籍上は離婚。東京市役所臨時雇として一ツ橋図書館に勤務。

月夜の水を猫が来て飲む私も飲まう

このころの作である。すでに世捨て人を心の中にもっているようだ。自由でしなやかな猫が慕わしく、同じ水を飲む。月を浮かべた水とはいえ、東京市中である。どこの水を飲んだのだろうか。

東京市事務員の職も神経衰弱のため二年余りで退職。熊本の別れた妻のもとに舞い戻っている。大正十三年、熊本市内で酔って線路に仁王立ちになり、電車を停めたという事件がきっかけで、禅門に入る。翌年二月出家得度し、味取《みとり》観音堂守となる。

観音堂は高い石段の上にあり、五十一軒の檀家が堂守のために交代で毎日手桶二杯の水を運び上げたという。山頭火に「水」という随筆がある。「禅門――洞家には『永平半杓の水』という遺訓がある。それは道元禅師が、使ひ残し半杓の水を桶にかへして、水の尊いこと、物を粗末にしてはならないことを戒められたのである。（中略）水を使へるだけ使ふ、いひかへれば、水を活かせるだけ活かすといふのが禅門の心づかひである」。檀家の人びとの労を思えば、水を粗末にできるものではない。

托鉢し、近隣の若い人たちに読み書きを教え、敬われたということだが、十五年四月、観音堂を去り、行乞放浪の旅に出る。四十三歳。

へうへうとして水を味ふ

昭和三年、四国八十八ヶ所を巡拝、小豆島のやはり自由律の俳人・尾崎放哉(一八八五〜一九二六)の墓に参っている。連れ合いと私は小豆島を訪れたことがあるが、放哉の墓は港のある土庄《とのしよう》町の西光寺にあり、階段状の墓地の上のほうだった。寺男だった人の墓は、さもありなんと思ったことだった。山頭火はのち中国地方に。ひょうひょうと風のように放浪しながら、心に欲もなく何の構えもなく、ただ有り難いと思って水を飲んでいる。「春の水」がどうの、「秋の水」がどうの、という句はあるが、水を美しいなどとは思わなかった。説明的な語句が省かれていった。漂泊者と有季定型はなじまない。彼は季語も定型も束縛と感じる。捨て身で生きていくのがよいと思う。

水に影ある旅人である

四年、山陽、北九州地方を行乞。川沿いを歩いていくのだろうか。水に木や雲の影が映っている。わが身も影のように漂っていく。

しづけさは死ぬるばかりの水が流れて
ひとすぢに水ながれてゐる

五年、世界恐慌が波及して昭和恐慌に。自殺未遂。水は人を生かすものであるが、ともに死地へ赴くもののようでもある。何か思い詰めている。それまでの日記を焼き捨て、「行乞記」を亡くなる三日前まで丹念に付ける。

七年、世話をしてくれる人があって、山口県小郡町（現・山口市）の廃屋を修理して、「其中庵《ごちゅうあん》」が提供された。復元された庵を筆者は訪ねたことがあるが、想像していたのとはちがって、明るく簡素な造りだったので驚いた。周囲が開けてきていたせいだろうか。八年、この庵で山頭火は次のように記している。「今日は酒が好きな程度に於て水も好きである。明日は水が酒よりも好きになるかも知れない。(中略)これからは水のやうな句が多いやうにと念じてゐる。淡如水――それが私の境涯でなければならないから」。

水音のしんじつおちつきました
ふるさとの水をのみ水をあび

ふるさとに帰ってきた安堵感がある。しかし十年八月、自殺未遂。十一年、死に場所を求めて長途の旅。ふるさとは現実にはありえない場所だったか。

平泉

ここまでを来し水飲んで去る

旅先の水を飲むことは山頭火にとって挨拶のようなものかもしれない。金色堂を見て、あまり現代的に光っているせいか不快を感じて、早々に汽車に乗って仙台へ。このころ最大の支援者である開業医・木村緑平宛に次のような手紙を書いている。「私の中には二つの私が生きてをります、といふよりも私は二つの私に切断せられるのです、『或る時は澄み、或る時は濁る』と書いたのはそのためです、そして澄んだ時には真実生一本の生活を志して句も出来ますが、濁った時にはすっかり虚無的になり自棄的になり、道徳的麻痺症とでもいふやうな状態に陥ります」。続けてその原因はアルコールにあって、絶縁すればいいのだが、絶縁すればもっといけなくなる、と書いている。意志の弱さの他に、自他に甘えもある人だったようだが、それゆえ孤高というのではなく、懐かしいような句が書けたのであろう。

濁れる水の流れつつ澄む

この句は山頭火にとっては願望であり、祈りであろう。仙台から越前に赴き、永平寺で参禅。

水音のたえずして御仏とあり

濁りを捨て去り、いっとき澄んだ心境を得た。

山が月が水音をちこち

山ふところで耳にする水音は、祈りの鈴のように聞こえたか。

十三年、其中庵を去り、山口市湯田温泉の「風来居」へ移住。

十四年五月、天竜川の支流を遡り、伊那に出て放浪の俳人・井上井《せい》月《げつ》(一八二二~八七)の墓に詣でている。井月は「乞食俳人」と呼ばれていた。

　九月、四国巡礼の旅へ
　鴉とんでゆく水をわたらう

鴉は山頭火自身のこと。この「水」は瀬戸内海ではなく、三途の川の水かもしれない。十二月、松山に終の住処「一草庵」を結ぶ。十五年五月に単行本句集『草木塔』が刊行された。扉には「若うして／死を　いそぎたまへる／母上の霊前に／本書を／供へまつる」と記した。山頭火の放浪は母の追善供養の意味もあったろう。

まいにち水を飲み水ばかりの身ぬち澄みわたる

この句は一草庵にて一五年の作。うやうやしく水を飲んでいたか。十月十一日、同所にて脳溢血のため死去。享年五十八。

以上目についた水の句を拾ってみたが、生死の間を流れる水のように山頭火は旅をしたといえそうである。自分をもてあましつつ、自分から離れて水音に耳をかたむけた。

参考文献

『定本　種田山頭火句集』（彌生書房、一九七一年）
『種田山頭火』（新潮日本文学アルバム40、新潮社、一九九三年）

村上護『種田山頭火――うしろすがたのしぐれてゆくか――』（ミネルヴァ書房、二〇〇六年）

牧水の「みなかみ」

水を好きだった文学者はといえば、すぐに思い浮かぶのが歌人・若山牧水（一八八五〜一九二八）である。「おもひでの記」の中に筆名のいわれが書かれている。「牧水というのも当時最も愛していたものの名二つを繋ぎ合せたものである。牧はまき、即ち母の名である。水はこの渓や雨やから来たものであった」。牧水の号をつかい始めたのは、延岡中学第五学年、十九歳のころだった。「この渓」というのは、生地の宮崎県東臼杵郡東郷村大字坪谷《つぼや》村（現・日向市東郷町大字坪

（谷）の渓谷のことである。ＪＲ日豊本線日向市《ひゅうが》駅で下車し、車で約三十分、今日でも山深いところだという。

ふるさとの日向の山の荒渓《あらたに》の流清うして鮎多く棲みき

歌集『黒松』所収。「荒渓」というのは砂がなく岩だらけで、少年牧水は岩を飛びとび、父と鮎を釣ったという。半日で軽く数十尾というから、水清らかな別天地の趣きがある。古里の川は牧水にとっての原風景だった。

祖父、父は医師だったが、長男の牧水が医師ではなく文学を志したことで、親族は失望し、彼を難じた。

山山のせまりしあひに流れたる河といふものの寂しくあるかな

『路上』所収。寂しさとあこがれとは、表裏をなしているようだ。牧水のあこがれる心は古里の川をさかのぼっていった。

私は『利根川散策絵図』という経本仕立ての本を持っている。それに拠るとこの川は渡良瀬川、片品川、広瀬川、鬼怒川などを集めて太平洋にそそぐのだが、河口の銚子市の西隣、飯岡町（現・旭市）が私の古里である。絵図なので、遺跡、出土品、有名な社寺、土地の名産、ゆかりの人物などが地図上に描かれている。天辺の源流近くになると、カモシカやクマの絵しか描かれていない。私などにとっては源流は夢に見るだけである。牧水の人並みでないところは、源流を見に行ってしまうところだ。

牧水は大正十一年秋に利根川のみなかみ、源流をたずねた。沼田から一人で山に分け入り、老神温泉から片品川沿いに北上し、吹割の滝を過ぎる。鱒の養殖のための番小屋に泊めてもらったり、晩のおかずの鱒を釣ったりして、丸沼、菅沼に至る。そしてついに「むくむくと湧き出ている水を見た。（中略）手を洗い顔を洗い、頭を洗い、やがて腹のふくるるまでに貪り飲んだ」（「みなかみ紀行」）と歓喜に堪えないさまを記している。大利根の一つの「みなかみ」、水源をたずね当てたのだった。

「みなかみ」とは何だろう。それはとてつもないエネルギーを秘めて、喜ばしげに地上に誕生する水の現場である。牧水はゆえ知らぬ寂しさを吹き飛ばしてくれる、いのちの歓びにめぐり会ったのだった。

　牧水の旅は地方で開かれる「創作」社中の歌会や短冊半折揮毫会参加が主目的であったが、歌人たちは会が果てた後も名残を惜しんで、ともに酒を酌み交わし、ともに宿り、事情の許す者たちは幾日間か旅に同道したようだ。にぎやかな旅の道中で作歌することもあった。地方在住の歌詠みたちにとっては何年に一度という心躍る日々であった。旅の歌人といわれるほどの牧水は、時折「何の因果で斯んなところまで」（「草鞋の話　旅の話」）とぼやくことはあっても、旅にある間概ね心を躍らせていた。

わが如きさびしきものに仕へつつ炊《かし》ぎ水くみ笑むことを知らず

『秋風の歌』所収。意外とも思えるこのような歌がある。旅先では心を許した人びとと酒を飲んで豪放に談笑したりはしていても、家に帰れば、寂しさが居すわった。そんな自分を支えてくれる妻・喜志子に感謝しないわけにはいかないのだが。

「酒聖」といわれた牧水は「酒の讃と苦笑」というエッセイで、「真実、菓子好の人が菓子を、渇いた人が水を、口にした時ほどのうまさをば酒は持っていないかも知れない。（中略）酒は更に心で嚙みしめる味わいを持って居る」と酒のありがたさを語っている。

どんな水でも或るとき甘露となることを知っている人は、スポーツマンの他は、呑兵衛の人たちである。まったく酔い覚めの水はどんなお酒よりも美味しいが、牧水の言うとおり、一過性のものかもしれない。一般的に水は体が欲し、酒は心が欲するのだろうが、牧水は水と酒二つながら、こよなきものと思った人だった。

牧水には愛唱される酒の歌が幾首もある。中でも有名なのは次の一首だろう。


白玉の歯にしみとほる秋の夜の酒はしづかに飲むべかりけり

牧水満二十五歳。浅間山の麓に遊んだ折りの歌である。このころは恋愛に苦悩していた。翌年この恋は終局を迎え、妻となる女性、喜志子に会うことになる。煩悶をかかえた人の歌のようではないが、酒が煩悶をたちまちに浄化するのか。そうであってみれば、牧水が一生酒と付き合うことになったのは、うなずかれる気がする。

かんがへて飲みはじめたる一合の二合の酒の夏のゆふぐれ

満二十七歳、喜志子と結婚して間もなくの歌である。「かんがへて」というのは、健康やら何やらのため今日は一合だけにしておこうかと考えるのだろう。それが飲みはじめると心身覚醒し、盃を干す速度も上がって、すぐに二合になる。酒飲みに共感をもたれる歌だろう。「夏のゆふぐれ」、涼風が立ち、いい時間になる。

晩年の家居にあっての酒の歌二首を引く。

鉄瓶を二つ炉に置き心やすし一つお茶の湯ひとつ燗の湯

足音を忍ばせて行けば台所にわが酒の壜は立ちて待ちをる

酒に目のない歌人の暮らしぶりがしのばれる。「萎縮腎」になり、ドクターストップがかかっていたらしい。当然妻の監視下に入る。

牧水は心に根源的なさびしさのかたまりを抱えており、それが酒を飲んでいるうちは溶けていたのかもしれぬ。けっきょく生命の許すかぎり酒を飲んだ。肝硬変などのため四十四歳で病没した。
最後に牧水の水の歌を数首掲げよう。

ゆく水のとまらぬ心持つといへどをりをり濁る貧しさゆゑに

『くろ土』所収。詞書に「貧窮」とある連作中の一首である。沼津の広大な敷地の邸に住んでいても、文筆だけでは暮らし向きは不如意で、旅行費用の捻出に頭を痛めたようだ。旅に出られぬ日々は心の水がよどむのだった。

衰ふるいのちとどむと朝朝をとく起きいでて水浴ぶるあはれ

朝ごとに垢あらひおとしあからひくおのが身体《からだ》を見るはたのしき

二首とも『山桜の歌』所収。朝々沼津の自宅で井戸の水を汲んではかぶり、冷水摩擦をしていた。水のいのちに触れようとしていたのだろう。「あからひく」は赤ら引く、赤みを帯びる意で、「日」「月」「朝」「肌」などにかかる枕詞である。悪びれぬ歌柄の大きさ、屈託のなさ、なつかしさをもった稀有な歌人だった。

参考文献

大岡信著『今日も旅行く・若山牧水紀行』(平凡社、一九七四年)
若山牧水著・池内紀編『新編みなかみ紀行』(岩波文庫、二〇〇二

年）
伊藤一彦編『若山牧水歌集』（岩波文庫、二〇〇四年）
伊藤一彦著『いざ行かむ、まだ見ぬ山へ――若山牧水の歌と人生』（鉱脈社、二〇一〇年）

涙考

『古事記』の神々は伊耶那岐命《いざなきのみこと》にしろ須佐男命《すさのおのみこと》にしろ、辺りはばからず号泣した。死者を前に泣きたてることで、魂呼びをする呪術的な意味もあったとされる。伊耶那岐命の涙から生まれた泣沢女神《なきさわめのかみ》は、死者の復活に関わって力があると信じられていた。

『日本国語大辞典』の「涙」の項目を見ると、その数において古代が突出しているわけではない。『万葉集』には「涙」を詠み込む歌は全体の〇・四パーセントだが、『古今集』では三・六パーセントになり、九倍に増えたそうだ。その原因は「漢詩人に見られる涙の比喩表現を旺盛に摂取したことが考えられる」としている。たとえば「血涙」や「紅涙」といった漢語から「ちのなみだ」や「なみだのいろのくれなゐ」という表現が生まれた、と。

王朝時代の社会変化にともなって、感情の表現の仕方が変化していったこともあるだろう。『古今集』では「恋歌」は五巻をかぞえる。閨閥政治といってもいい摂関政治では後宮の女性文化が花を咲かせ、とくに男性と対等となりうる恋愛の面において、女性たちは歌合せなどで力を発揮した。後朝《きぬぎぬ》の別れの歌の贈答というしきたりは、貴族たちに歌の表現に意識的であることをうながし、「涙」をじっさいにこぼすような局面になくても、「涙」をうたうことで挨拶といえば言い過ぎだが、体裁をつくったのではないか。男女の貴族たちは歌の上で、よく泣いたといえるかもしれない。

君こふる涙しなくはから衣むねのあたりは色もえなまし　紀貫之

（あなたを恋うる涙がなかったら、私の服の胸の辺りは燃える火の色になってしまうでしょう）

この歌なども、いかにもそらぞらしいが、もらった女性はまんざらでもなかったかもしれない。

『新古今集』も『古今集』にならって、恋歌は五巻をかぞえるが、その中には『古今集』をお手本としたような歌もある。

涙川身も浮くばかり流るれど消えぬは人の思ひなりけり　藤原元真

(涙が川となって、この身も浮くばかりに流れるけれど、人の思いの火は消えない)

涙は川によく譬えられた。「思ひ」の「ひ」に火を懸けるのは常套的といっていい。涙が川のようになって、そこに体が浮くほどだというのは、王朝人にとっては比喩の上でちょっと目新しい感じだったのだろうが、いまの私たちには大げさで冗談ぽく思えてしまう。

一方で、涙を直接には詠まず、暗示するといった高等技術が磨かれていく。『古今集』を見ると、「袖の雫」「袖の時雨」「袖にたまらぬ白玉」「袖をしぼる」などとうたわれている。「袖にやどる月」は袖の涙の池にうつる月だそうだが、しかし表現が優美になればなるほど実感は遠のいていくようでもある。王朝の人びとが心をくだいた結果が、上代より九層倍の涙となったのだろう。

時代が下ると妻問い婚から嫁取り婚となり、封建の世となって、恋の涙は表現上も実際上も人目をはばかるものとなった。悲しみの涙も、抑制するのが美徳となっていく。

しかし江戸時代の俳人・芭蕉の句や文章には、意外と「泪」「涙」

「なみだ」「泣く」が多出する。じっさいはどうだったか知らないが、文章の上で芭蕉は事あるごとに涙ぐみ、感極まって泣く。

芭蕉は初め談林風の俳諧に志し、滑稽味のある句を作っていた。やがて自分なりの句の深化をはかり、伊賀上野から江戸に下った。老荘思想や李白、杜甫の漢詩文を学び、江戸市中を離れて、郊外の深川に庵を結ぶ。芭蕉の涙の句を挙げてみる。

櫓《ろ》の声波をうって腸《はらわた》氷る夜やなみだ

小名木川が隅田川に注ぐほとりにあった杉風の生け簀の番小屋を草庵とした。冬の夜はギーッギーッと川舟の櫓の音が聞こえるばかりの静けさである。漢詩的な誇大な表現が、下五の「夜やなみだ」と収束することで、悲痛な実感を得た。ひらがなの「なみだ」は凍った腸を解かすようではないか。

若葉して御めの雫ぬぐはゞや

奈良・唐招提寺の鑑真像を拝した折りの句。鑑真は来朝時、潮風のため失明したという。「若葉して」には二通りの解釈があり、辺りが若葉して、という説と、若葉でもって、という説である。私は後者がいい。芭蕉もまた深い感動と共感ゆえに涙ぐむ。それを一枚の若葉に語らせていると読みたい。

古さとや臍《ほぞ》の緒《お》に泣《なく》としのくれ

亡父の三十三回忌を営むため、貞享四年（一六八七）の暮れに芭蕉は伊賀の生家へ帰った。すでに母もなく、兄弟も年を取った。血縁がわが身に働く力をしみじみと感じ、還らぬ日々を思い起こすことで、感謝やら悔恨やらが一度に噴き出した。心の中でたっぷり涙を流したかもしれぬ。

行《ゆく》春や鳥啼《なき》魚《うを》の目は泪

『おくのほそ道』に出立したときの見送りの人びとへの留別の句。江戸時代、長途の旅は行き倒れも覚悟しなければならなかった。しかし悲痛な句ではみなが重苦しくなっていけない。「ほら、春を惜しんで、鳥は啼き、魚は涙ぐんでいる」と童画風の句を詠み、自らの涙をふりはらい、軽く手をふって歩きだしたような気がする。

ところで連句遊びのときの私の俳号は泣魚《きゅうぎょ》。芭蕉のあの句からでしょ、とよくいわれるが、そんな立派なものではない。泣き虫なので、魚に代わりに泣いてもらうためである。

塚もうごけ我《わが》泣《なく》こゑは秋の風

『おくのほそ道』道中の作。金沢に着いた折り、まみえるはずだった一笑の死を聞かされ、悲嘆し、追善供養のために詠んだ。柿本人麻呂の「妹《いも》が門見むなびけこの山」を思わせる激情である。秋風の異名に「悲風」があるが、ヒーッヒーッという泣き声に似るか。

『おくのほそ道』の旅では終始緊張して気が昂っていたことは確かだろう。地の文においても芭蕉はずいぶん涙を流している。

「幻のちまたに離別の泪をそゝぐ」

「人のをしゆるにまかせて泪を落し」

「行脚の一徳、存命の悦《よろこび》、羇旅の労をわすれて、泪も落るばかり也」

「笠打敷《うちしき》て時のうつるまでなみだを落し侍りぬ」

慟哭の涙もあれば、感涙にむせぶこともあった。ただ感傷的な涙は流さない人だった。安寧を捨てて得た自由な境涯を得て初めて、誰はばかることなく流せた涙ともいえよう。

現代は封建制の世の中ではなくなり、表向き職業や配偶者の選択は自由ということになっている。けれども若い人たちは就職難に直面しているし、就職ができなければ結婚も難しいだろう。助け合う村落共同体はもうないといっていい。泣くに泣けない厳しい状況におかれている人たちは少なくないだろう。

私たちは悲しいとき、深く感動したとき、物理的な衝撃を負ったとき、同情をよせたとき、一時的に判断停止状態になって泣く。自分の行く末が鎖され、切りひらいてゆく力をもてないような状況では、あきらめが慰め顔でやって来るまで、泣き疲れるまで泣くよりほかにない。けれども涙の効用というものもあって、わっと一泣きした後では、それなり気がすんで、自分を立て直すほうに向かえることもある。

箴言を愛した萩原朔太郎は次のような詩を書いている。若いときの作で、『純情小曲集』(一九二五年)所収。

涙

ああはや心をもつぱらにし
われならぬ人をしたひし時は過ぎゆけり
さはさりながらこの日また心悲しく

わが涙せきあへぬはいかなる恋にかあるらむ
つゆばかり人を憂しと思ふにあらねども
かくありてしきものの上に涙こぼれしをいかにすべき
ああげに今こそわが身を思ふなれ
涙は人のためならで
我のみをいとほしと思ふばかりに嘆くなり。

追憶の恋に涙する詩人だが、涙を流しながら、涙について考えている。こういう反省的、批評的涙は読んでいて面白いが、近・現代詩でも流される痛々しい涙の詩はちょっと閉口である。「我のみをいとほしと思ふばかり」だからだろう。

朔太郎の代表作『月に吠える』（一九一七年）にも涙は出てくるが、
それらは不思議な涙である。

贈物にそへて

兵隊どもの列の中には、
性分のわるいものが居たので、
たぶん標的の図星をはづした。
銃殺された男が、
夢のなかで息をふきかへしたときに、
空にはさみしいなみだがながれてゐた。

『これはさういふ種類の煙草です』

煙草を贈ったときに添えた詩ということになっている。誤って銃殺されてしまった男の死後の思いは、空に流れる「さみしいなみだ」になった。なんともむなしい。そんなことを思いながら、この煙草をふかしてください、というのだろうか。あまりうれしくない贈物である。

じつは朔太郎の詩「竹」の中の一節「なみだたれ、／なみだをたれ」という呪文のような詩句が最初に頭に浮かび、詩集を繰っているうちに上記二篇の詩にぶつかったのである。「竹」の「なみだ」は懺悔の涙である。

『月に吠える』よりも三年前に刊行された北原白秋の『白金之独楽』

にもじつは涙が何ヵ所か出てくる。苦恋の末に隣家の人妻だった人と結婚するが、一年余りで離別、その直後に短期間で書かれた。奥書に「白秋三日三夜法悦カギリナク」「タゞ純一無垢の悲を知るのみ」と記されている。生涯でもっとも困難な時期だった。

子ドモ

子ドモ泣ケドモ泣クナラズ、
ヨロコビ極《キハ》マリ泣クナメレ。
十《トヲ》ノ指《オユビ》ヲ目ニアテテ

面《オモテ》フリムケ泣クナメレ。
十《トヲ》ノ指《オユビ》ノ間ヨリ
透カシ見スルハ天《テン》ノ不二《フジ》。
十《トヲ》ノ指《オユビ》ノ間ヨリ
コボレ落ツルハ日ノシヅク。

白秋自身も子どもになって、十の指の間から法悦の涙をこぼしたのだろう。白秋の感涙が、朔太郎にあっては原罪を意識する懺悔の涙となったようだ。ともに地上の悲しみから遠いところで光っている。

斎藤史・濁流のゆくえ

斎藤史は近・現代短歌史において屈指の女性歌人である。一九〇九年、軍人で歌人の斎藤瀏の長女として東京に生まれた。四五年戦火を避け、父の古里である長野県に疎開、のち定住。二〇〇二年、九十三歳で没した。

第一歌集は『魚歌』（一九四〇年刊）という。『ひたくれなゐに生きて』（九八年）という対談集で、史は俵万智にこの題名について問われ、「古い中国の言葉に『魚歌水心』とかいうのがあるのね。『魚は勝手な歌をはきちらすけれども本当の水の深い心は知らない』とか何とかいう、そんなような意味があるらしい。それで『私程度の歌は魚歌でございます』と思ったの」と発言している。

謙遜ゆえの命名であったが、本当は「水心」なのよ、という気持ちも隠されていたかもしれない。ただ「魚歌」は楽しくていい。

あをい眼窩に透明な水たたへられちかちかと食《は》む魚棲みにけり

『魚歌』の最初のほうには、このようにかろやかで新鮮な歌が並んでいる。一首を行分けし、現代語表記にしたら直ちに現代詩になるような歌である。それが「二月廿六日、事あり。友等、父、その事に関る。」と前書を付した次の有名な歌から作風が一変する。

濁流だ濁流だと叫び流れゆく末は泥土か夜明けか知らぬ

前書の「事あり」というのは、一九三六年二月二十六日早朝に起こった二・二六事件のことである。武力による国内改革を企てた皇道派青年将校らが、首相官邸などを襲い、時の内大臣、大蔵大臣らを殺害した。翌日鎮圧され、将校の大半は銃殺刑に処せられた。その中に二名の史の幼なじみがいた。また父瀏は反乱幇助の罪名で下獄した。三年後、三九年九月、第二次世界大戦が勃発した。

「濁流」はそれが時代の避けられぬ潮流だったことをうたい、人びとの衝撃と恐怖を伝えてあまりある比喩である。「濁流だ濁流だ」というなりふりかまわぬ「だ」の反復が、ダダダダと流れを勢いづかせる。人びとはその中にいて、そこから逃がれられない。「流れゆく末」が見えない暗澹たる情況であるが、作者は「夜明け」ということばを渾身の力をこめてつかんでいた。「夜明け」は信じられないのだが、ことばの力を知らされるのはこういう時である。この事件のとき、史は二十七歳。三ヵ月後、医師の夫との間に長女が生まれた。

圧倒的な現実の前に、もはや想像力を羽ばたかせたモダニズムの歌はうたえなくなった。リアリズムの歌が腑におちるとはいえ、言論統制の世に事件をそのまま取り上げるのでは差し障りがありすぎる。史は沈黙せずに、現実を比喩でもって包み、再構築した。的確な比喩はかえって物事の本質を照らすことになる。

わが頭蓋の罅《ひび》を流るる水がありすでに湖底に寝ねて久しき
わが上を夜夜ながれゆく濁水のおそらくは海にとどく日もなき

「水」という比喩をもつ歌を掲げてみた。ともに『魚歌』所収。水が流れているとはいえ、出口なしの情況である。一首目は湖底に骸となって横たわる自分を幻視している。「わが頭蓋の罅を流るる水」は、打ち砕かれた夢の残滓ででもあろうか。二首目もまぼろしの水であり、戦になだれこんでゆく時の流れを、望みを失った目で見つめている。

四五年、戦火の下の東京から夫と二児とともに長野県の農村に疎開し、りんご倉庫に住んだ。りんご栽培が盛んな千曲川流域の善光寺平だが、川の名、湖の名は歌の中では省かれている。水を流す川というもの、水を抱く湖というもの、それらとおのれの中の水がどのように呼応するかを見ながら、史は新しい厳しい自然に向かっていく。

濁流を歌によまざるをえなかった史は、美しからざる水にも目を止めるようになる。これは女性歌人においてはかなり特異なことではないだろうか。

『うたのゆくへ』(五三年刊)から引く。

かたはらに水の音せり溝水《どぶみづ》も流るるときは救はれてゐよ

かなしみをいふは恥辱と思ひ来て見て居る水の芥《あくた》うづまき
何の座に老いてゆけとや暗渠ゆく汚水すらだに音立てにける

いずれも骨格のしっかりしていることに驚く。一首目、汚水も流れていれば、酸素を呼び込み、やがてきれいな水になるだろう。自分の中にも水があって、それは澱めば、腐敗してしまう。澱ませないこと。そうすれば救われる、という思いがあったのだろう。では具体的にどのようにして、ということは歌では切り捨てられている。というよりも濁った事象の上澄みをすくうようにしてうたわれている。

二首目、軍人の娘であれば、わがかなしみをたおやかにうたうところからは遠かった。ゴミや何かを巻き込んで渦を巻く水が自分の心の煩悶のようだと眺めている。それらは、悲しみでもあろうし、その他もろもろ生きていく上で抱え込まねばならないものであろう。もはや透明な水ではなくなった、という悲しみもあるか。

三首目は五二年の作であるから、「老い」とはいっても、この年四十三歳である。史は妻の座、主婦の座にあり、歌人としてすでに顕彰される座にあった。安住の座にすわって老いてゆくのは史の本意ではなかったのだろう。そんな座に固執して澱んだ水でありつづけるよりは、ゴボゴボと音をたてて流れる下水のほうがまし、という烈しい思いである。

『風に燃す』（六七年刊）には、かつての「濁流」の後と思われる歌がある。

暴水のあとを固めし川岸の護岸の亀裂蛭をやしなふ

「暴水」は二・二六事件の「濁流」を直ちに思わせるが、それだけではないだろう。第二次世界大戦も大暴水であった。戦いの後、堅固な体制が築かれはしたが、その隙間に恐ろしい環形動物・ヒルが棲息している。ヒルは人びとの生き血を吸い、いまなお不穏な世の中である。こんなふうに象徴的に読めるが、河畔の農村に住めば、じっさいにヒルを見ることもあっただろう。

削られし山の崖より膿《うみ》のごとく水にじみ六月　国会病めり

出口なき下水溢れて日本の梅雨・声嗄れて歌ひゆくデモの列

この二首は六〇年の日米安全保障条約の改定反対闘争のときの歌だろう。五、六月には連日数万人のデモが行われ、国会を包囲したが、条約は改定された。かつての「濁流」は地中に浸透し、にじみ、溢れ、混迷の度を深くしているという認識に基づく歌である。

この風景を内向させたのが次の二首だろう。

かそかなる漏水の音夜をつづく何よりなにに行くわが生《せい》ならむ

いつよりか記憶の中にしづくして水蝕を拡げゆく空洞《うろ》があり

一首目、「漏水」は流水ではないので、いつどこから来て、どこへ行くのか、いつまでつづくのか分からない。心臓の音のようにも聞こえたろうか。二首目、記憶の中にも水が漏れだすのだが、いまこの歌を読むと、脳の断層写真に映る海馬の空洞のようだ。不気味な歌である。記憶もまた蝕まれてゆく。

『ひたくれなゐ』（七六年刊）にも、水のゆくえに心する歌人がいる。

流したるうどん、が白くおよぎゐる下水溝見えて　不意に怖る
起き出でて夜の便器を洗ふなり　水冷えて人の恥を流せよ

一首目、流れるものが白い蛇だったら、気丈な歌人はむしろ平気なのだろうが、うどんが正体不明の生きもののように見えたから、怖かったのだろうか。これから先、何があるとも知れぬ。二首目、夫が脳血栓で緊急入院したときの歌である。人は便器を洗わなければならない。水を流していることで、祈りのような気持ちが生まれてくる。

前生《さきのよ》は水に棲みにき八月の干上がる沼はわが処刑場

私はこの歌に出会いたくて、史の水の歌を書き出すことをしていたようだ。やはり水の人だったのだ。「処刑場」は二・二六事件がなかったら、脳裏に浮かぶこともないことばだったろう。同事件は史にはいつまでも遠くならないのだ。
汚いものから目をそむけない歌人の勁さに感動して、私はあえて濁った水の歌を拾ってしまった。しかし爽やかで凛然とした水の歌も斎藤史には多数あることを、書き添えておかねばならない。

参考文献

『斎藤史全歌集』（大和書房、一九七七年）
齋藤史対談集『ひたくれなゐに生きて』（河出書房新社、一九九八年）

Ⅲ

月神と水

昨夜は十三夜だった。私方ではススキや龍胆《りんどう》を花瓶に挿すくらいで、とくに何をするということもないのだが、大きな月が薄暮の南東の空に上っているのを見た。今年（二〇一二年）の中秋の名月は東京では台風で、ああ無月だわ、とあきらめて寝てしまったのだが、夜半過ぎて二時ころに凄い月が上がったそうだ。今年は新暦では中秋の名月が九月三十日、十三夜が十月二十七日だった。いずれか一方だけ見ることを片月見とか片見月と称して、嫌うというが、今年は片方だけの人が多かったろう。しかしお正月になれば、気分も新たになるので、なんとなく不安な気持ちでいるのもあと少しだと思えば、嘆くほどのことでもない。

昨日は月の影法師も鮮やかだった。日本や韓国では、それを兎が杵で餅をついている、としているが、中国では薬をついている、と見る。不死の仙薬である。薬が餅になったのである。餅はいまでは和菓子屋さんに行けば売っているので、食べたいときに食べられるが、ひとむかし前は正月や稲の穫り入れが終わったとき、あるいは祝い事のときにつく特別なものだった。月に餅を配するのは、農作物の豊穣を祈ることになる。

古代の人びとは月は水の精であると信じていたようだ。月に雲や霞がかかって、翌朝雨になったり、月夜に夜露がしっとり降りたりするのを目にすれば、それは夜を統べる月神のわざだと思われたのだろう。

エジプトの月神はナイル川の水の支配者で、人びとは新月ごとに川が増水すると信じたという。川の場合はじっさいにはどんなふうか知らないが、海では満月と新月のときが大潮で、半月のときが小潮である。川も海の潮汐の影響を受けないとはいえないだろう。

中国の漢代の書『淮南子《えなんじ》』では、月は雨露と水と湿気をもたらすので、満月のときは魚類や貝類の肉が肥え、草木も生長するが、新月のころは痩せたり、萎れたりすると説いているそうだ。満月のときは月の呪力が大きく働き、新月のときは小さいと考えたのだろう。日本のことわざには「月夜の蟹」というのがあって、逆に月夜の蟹は中身がなくて、水っぽいことになっている。月の光を恐れて穴から外に出ず、痩せ細ってしまうのだそうだ。巾着蟹や渡り蟹の獲れる私の古里でもそんなふうに言う。

古代の中国には、月の中に桂の木を切る男がいるという伝承もある。桂の木が伐っても伐っても伸びていくように、不死なるものが月の中にあると見ていたようである。それは月の満ち欠けをなぞったものだろう。

アフリカや南太平洋の島々、日本の沖縄には、月が動物を介して、人間が死んでもまた月のように甦るべくはからってくれようとしたが、動物の失策でそれは叶わなかった、という類の説話があるそうだ。沖縄・宮古島のそれは、ニコライ・ネフスキーというロシアの日本学者が紹介して有名になったもので、月と太陽が人間に長寿を与えようとして、ある男に異なった水の入った桶をかつがせて下界にくだらせた。人には生命の水（スデ水）を、蛇には死水（スニ水）を、といわれていたのに、男が小用を足しているときに、蛇がスデ水の桶に入ってそれを浴びてしまったので、人には死水を浴びせることになった、という説話である。人の死ぬべき運命と蛇に対する畏れがよく出ている。その男は罰として、水桶を担ったまま、月の中に立たされることになった――。

水を汲む人、つまり水の容器をもって月の中に立っている男や女の姿は、欧亜にまたがって広く見られるそうだが、考えてみれば、餅をつくためにも、水の恵みは欠かすことができない。

南九州では旧暦八月十五夜の神事に、二つの集落で綱引きをし、豊凶を占う行事がまだ残っているところがあるそうだ。綱は蛇体をあらわしている。蛇が脱皮し、若返るさまが、月の死と再生になぞらえられているのである。綱引きの綱の引いたり引かれたりする動きは、潮の満ち干をあらわしているのだろう。

谷川健一氏の『蛇——不死と再生の民俗』(冨山房インターナショナル、二〇一二年)によると、宮古島では空の虹を天の蛇《ティンパウ》と呼んでおり、虹は「雨を呑むもの《アミヌミャー》」とも言われているそうだ。谷川氏は「虹は大龍の化身とみられ、しかもその龍は雨や井戸水を飲むものと考えられた」と書いている。先の説話では、月は心ならずも龍蛇に不死と再生を与えたのだが、水を支配する力もまた分け与えてしまったのかもしれない。

参考文献

松前健「月と水」(『日本民俗文化大系2』小学館、一九八三年)

龍神と雨

『万葉集』に天武天皇が、雪が降ったぞとはしゃいで妻の一人である藤原夫人《ぶにん》に贈った歌がある。

我が里に大雪降れり大原の古りにし里に降らまくは後《のち》（一〇三）

（わが里に大雪が降った。そちらの大原の古ぼけた里に降るのは後だろう）

夫人の返歌がふるっている。

我が岡の靇《おかみ》に言ひて降らしめし雪の摧《くだ》けしそこに散りけむ（一〇四）

（わが岡の靇に願って降らせた雪のかけらがそちらにこぼれたのでしょう）

夫人はたまたま同じ飛鳥村の実家に在った。天皇は、雪はまずこちらに降って、そちらは後回しだと、軽口をたたく。雪が気持ちもことばも軽くしているのである。夫人もつられて、そちらの雪はこちらのおこぼれですよ、などと返している。

夫人の歌の「龗《おかみ》」とは、伊耶那岐命《いざなきのみこと》が火の神を斬った血から生まれた闇淤加美神《くらおかみのかみ》のことで、谷の水をつかさどる神だが、この歌からすると、一般に雨や雪を降らせたり、止めたりする力をもっていると信じられていたようだ。漢字一字の中に龍の字があることから、この神の正体は雨や雪を降らせる龍神であることが分かる。

龍は古代中国における想像上の動物で、霊獣である。大蛇から考えられたようだが、頭には二本の角があり、耳もある。口辺に長いひげ、四本の足をもつ。大海や地中に棲み、時に空を飛び、雲と雨を自在にあやつり、稲妻を放つとされた。龍と龍神は同じものである。雷神とも一体化されていった。仏教では八大龍王として座し、航海や雨乞いの神とされる。源実朝に次のようなよく知られた歌がある。詩歌を誦し、それを捧げることで神仏を感応させると考えられていたようだ。

時によりすぐれば民のなげきなり八大龍王雨やめたまへ
(雨が降らないのも困るが、降りすぎるのも民を嘆かせます。八大龍王さま、雨をやめてください)

鎌倉時代には龍王が祈雨・祈晴の対象となっていたのだろうか。
龍王で思い出されるのは、私の古里に龍王崎という地名があることである。波止崎《はどさき》という別名が語るように、荒々しい波に向かって耐えている。ここに私の子ども時分から大きな木の鳥居があって、鳥居だけで社殿はない。三年前の東日本大震災のとき海岸沿いの家はのきなみ津波にさらわれたが、この鳥居が残ったことがせめてもの希みのような気がした。それまで龍王の神威を感じたことはなかった。

古里には海神の娘で神武天皇の母である玉依姫尊《たまよりひめ》を祀る玉崎神社がある。子どものころ祖母に神社のイチョウの木のうろに白い蛇が何匹も入っていく夢を見たと言ったところ、祖母はそれは風邪が治るという御告げだ、「いっしょにお参りにやーべ」と言う。私がぐずって行かないでいるうち祖母は一人でお参りに行った、ということがあった。

時代は遡るが、弘法大師が請雨経《しょううきょう》の法を修して雨を降らせた話が『今昔物語』にある。巻第十四の第四十一。弘法大師が天皇の命を請けて、神泉苑で祈禱をしたところ、頭が金色の五寸ほどの蛇が出てきて、池に入った。大師ほか四人の高僧にしか見えなかったが、天竺の池に住む龍王がこの池に通われるということで、俄かに空がかき曇って雨が降ったという。ということは金色の蛇は龍王の使わしめか。

江戸時代にも雨乞いは行われた。芭蕉の弟子の其角は江戸向島の三囲《みめぐり》神社に吟行した折、農民たちに雨乞いの句を所望された。頼まれれば断れない江戸っ子の其角は、一句ものして、奉納した。

夕立や田を見めぐりの神ならば
(田を見めぐりという名の神よ、どうか夕立を降らせたまえ)

其角に挑まれた神は翌日早速雨を降らせたまい、江戸中大評判になったということである。この神は龍神か龍王か、あるいは無名の田の神か、分からない。

神崎宣武氏に『ちちんぷいぷい――「まじない」の民俗』（小学館、一九九九年）という著書があるが、この中に「鉦や太鼓で『雨乞い』祈願」という文章がある。一般の村人はなかなか僧侶に祈禱してもらったり、法楽詩歌を納めたりというわけにはいかない。だがみんなでこぞって雨乞いすれば、それなりの効果があろう。雨乞いの「まじない」でもっとも広く行われてきたのは、山上で火を焚き、楽器ではやしたり、雨乞い踊りを踊ったりする方法だそうだ。「太鼓や鉦を打ち鳴らすのは、その音が雷鳴に似ているからで、それによって降雨を期待したのである」としている。雷神を刺戟し、神意を誘導する戦略か。

北信地方では氏神の前で鉦をたたき、「リョーリョーハッタイリョーアメモッテタモレ」と唱えて水をかぶることを百回くりかえしたそうだ。「龍　龍　八大龍　雨もて給れ」という意味のようだから、ここでも八大龍王なのだろう。やはり長野県の上田市塩田町の「岳の幟《のぼり》」を掲げる行列の写真も同書に掲載されている。インターネットで検索してみると、別所温泉に伝わる雨乞いの祭りだそうで、青竹に長い布を張って龍神のすがたをつくり、夫神岳《おがみだけ》（男神岳）に登って、豊作を祈るのだそうだ。これは龍神を喜ばせる戦略か。ところでこの山の頂の祠から「龗《おかみ》」の字が発見されたそうだ（本書一二〇ページ参照）。いにしえにもそこで雨乞いをした人びとがいたということだ。

「天気予報」が「気象情報」と名前を変える世になった。未知の分野がどんどん少なくなっていく。しかし龍神や雷神は人の慢心をこらし

めるために、空高くか、地中深くにひそんで私たちの様子をうかがっ
ていうるにちがいない、と私には思えてならない。

水鏡が揺れるとき

水に顔を映すのは甘美なしぐさである。よく映る鏡がなかった時代は、水はしばしば美男美女を映したことだろう。

ギリシア神話のナルシス（ナルキッソス）は名高い美青年だが、彼は水に映ったわが影に恋し、見つめつづけたあげく疲れ果てて死に、水仙の花に化したという。いうまでもなく現実の姿が真で、水に映ったほうが偽であるが、この場合は真が偽によって喰われてしまったということだろう。ことばを換えれば、水に映ったものは映すものとは次元を異にするのだが、異次元のものがこちらに侵入してきたのである。水仙の属名はNarcissus。

水に映った美青年の影で思い出すのは、わが国の神話では、海神の宮を訪れた山幸彦の話である。なぜ訪問したかのいきさつは絵本などでよく知られた話なので省く。海神の宮殿の門の前に泉があって、そのほとりに桂の木が茂っていた。桂の木は月宮殿に生えているとされる木である。水を汲もうとした乙女が水に映る山幸彦の姿を認め、ふりあおぐのである。この場面は画家・青木繁に霊感を与え、ロマネスクな『わだつみのいろこの宮』が描かれる。

『古事記』では山幸彦は桂の木に登っているのだが、『日本書紀』では木の下を行ったり来たりしていた。前者では姫のお付きの者が水影を見るのだが、後者では姫自身である。しかしいずれも山幸彦の水影から事は動く。海神は山幸彦と知り、娘の豊玉姫を目合わせるのだが、聖なる水は真を映しだすと考えられていたか。

美青年ではないが、若き武蔵坊弁慶が顔を映したという井戸もある。姫路市の書写山円教寺にある伝説の「弁慶鏡井戸」である。弁慶は若いときこの寺で修行したそうだ。あるとき昼寝から覚めた弁慶の顔を見て小法師たちが笑うので、大講堂脇の井戸の水に顔を映したところ、悪戯書きをされたことが分かった。怒り狂った弁慶は大暴れし、小法師を叩きのめし、建物を破壊した。この騒動で火が付き、全山焼失した。

私は書写山を訪れたとき、弁慶の井戸をのぞいたことがあるが、石囲いは低く、暗い水がたたえられていた。寺の建物はどれも大きく立派で、食堂《じきどう》二階の宝物館に弁慶が使ったという巨大な粗削りの机が展示されていた。

弁慶の水鏡とはなんとなくおかしい。東京大学の池之端門脇の稲荷社裏にも「弁慶鏡ケ井戸」があり、源義経主従が奥州へ向かう途中に弁慶が見つけたものだという。

鏡池という名は方々にあるが、その名のいわれは、いにしえの貴人や英雄などがその姿を映したとか、鏡を落としたとかいう伝説にちなむようだ。出雲の八重垣神社の奥の院には、櫛名田（稲田）姫が姿を映して水占いをしたという透明な「鏡の池」があり、いま人気の縁結びスポットであるそうだ。昨日気がついたのだが、うちの居間の棚の上に八重垣神社のお札があった。二十年前、出雲大社で二人だけの結婚式を挙げ、その足でお参りしたものらしい。池のことは知らなかった。もちろん連山などを鏡のように正しく映しだすので、鏡池とよばれる池もある。

伝説や物語では、水に顔を映すとともに何かが始まるのであるらしい。

「説教節」に信太《しのだ》妻の話がある。摂津国阿倍野（現在の大阪市阿倍野区）の里に住む安倍保名が女狐を助けたことがあった。葛の葉と名乗る美しい女が男のもとを訪れ、二人は夫婦となってむつまじく暮らし、男の子が生まれた。ある日葛の葉はこの子に狐の姿を見られてしまった。もはや人里では暮らせない。葛の葉は口に筆をくわえ、障子に

「恋しくばたづね来てみよいづみなるしのだの森のうらみ葛の葉」と書きつけ、古巣である信太の森へ帰ってしまった。

狐が姿を映して人の女になったという池は、これも鏡池とよばれているそうだ。美女に変身したいという狐の思いが凝って、池の水に美女が映る、それが逆転して、水がその変身に一役買ったということになる。じつは男も水をとおして女を見ていたのかもしれない。一人男の子だけは恋の幻術や水の魔術から自由であり、あるとき母が狐であると見抜いてしまうのではないか。この男の子はのちの陰陽師・安倍晴明であると伝えられている。

謡曲の『井筒』は世阿弥の代表作で、『伊勢物語』に基づく複式夢幻能であり、詩的興趣に富むものである。ワキである旅僧の前にシテ

の女が現れる。この女は井筒の側で在原業平と愛を誓った紀有常の娘である。『伊勢物語』に

筒井筒井筒にかけしまろが丈生ひにけらしな妹《いも》見ざる間に
(幼いころ井筒と較べた私の背丈も、井筒よりも高くなってしまった、あなたと会わないでいるうちに)

比べ来し振り分け髪も肩過ぎぬ君ならずして誰か上ぐべき
(あなたと較べっこした私の振り分け髪も長くなって肩を過ぎました、あなたでなくて誰のために結い上げましょう)

という有名な相聞歌がある。ありし日の恋を語り、井筒の影に姿を消す。僧の夢に後シテの女が業平の形見の冠と直衣《のうし》をつけて現れ、舞を舞う。舞いおさめて井筒に姿を映せば、見えるのはわが顔ならぬ業平の面影である。

地謡は「女とも見えず、男なりけり、業平の面影」「われながらなつかしや」とうたう。やがて夜が明け、苔の筵に寝た僧は夢から覚めるのである。

暗い井戸の中の水に映る姿は明瞭とは言いがたい。思い込みが大きく左右するだろう。井戸の中のわが影にむかしの恋人の姿が重なるのを見出した女の亡霊は、恋人との一体感を得て、ふかく満足し、消えてゆくのである。

水鏡がクライマックスを演出し、舞台は急転直下幕を下ろす。水鏡という、人の情念を映す装置の波紋をもっとも大きく広がらせた作品だろう。幻のまた幻がありありと迫る。

井戸をめぐって

むかしは泉の一部または全部を囲ったり、岸辺に近いところの川の流れを石や土などでせき止めて、そこから水を汲んだようだ。そのようなところを「井」ともいい、「井戸」ともいったが「戸」は処、所の意。弥生時代にすでに素掘りのものや丸木をくりぬいた井筒を用いたものがあったという。

『古事記』によると、大国主神と八上比売《やかみひめ》との間の子に木の俣《また》の神（正妻を恐れて、木の叉に生まれたばかりの子を挟んで置き去りにしたゆえの命名）または御井の神がおり、井戸の守護霊としての性格をもっているようだ。

水神、井戸神には石、鏡、米粒、硬貨などが供えられたということだが、鏡は祭具として神の依り代と考えられたのではないだろうか。清らかな水面は当時の青銅鏡よりもよく姿を映したであろう。

現在でも井戸はあり、井戸神を祀る人たちがいる。お酒を供えるのは分かるけれど、お水はどうなのかしら、と迷っていたりする。科学万能の世に理不尽だろうが何だろうが、「トイレの神様」などという歌が流行るのも、私たちの心の底に八百万の神々の跳梁跋扈を認めるものがあるからだろう。水洗「トイレの神様」は上下水道に関わるところから井戸神の眷属であろう。ともに清潔を好まれるとか。

谷川健一著『日本の神々』（岩波書店、一九九九年）には「便所神」の記述がある。「糞の呪力で邪神を撃退する」神と考えられるという。母が私をみごもっていたとき、健康な子が生まれるようにと、祖母に言われて毎日お便所の掃除をしたという話を聞いた。いまや便所神もトイレの神様になった。神通力は衰えているかもしれない。

田舎育ちの私の子ども時代の飲料水はどんな事情だったかというと、まだ手押しポンプの井戸が各戸にあった。水の吐き出し口のところには異物を濾過するための布の袋がゆわえつけられていた。海岸では砂鉄が採れ、鉄気《かなけ》の強い地方だったので、じきに赤茶色になった。井戸はゴミや埃、虫などが入り込まないように蓋をされていたので、底は見えず、怖くはなかった。親戚の農家には釣瓶式の井戸があり、西瓜を冷やしていた。汲んでみようとしたが、子どもには力も技もなくて、無理だった。この井戸は怖かった。多分『番町皿屋敷』のお菊の幽霊の話が子どもにまで浸透していたからだろう。

ポンプを押してもスカスカいう音だけになると、井戸さらいが呼ばれた。褌一丁の裸の男が井戸にもぐるのである。命綱は付けていたと思うが、このときは怖かった。ふだんの日とはちがった活気が家の中にみなぎった。井戸さらいの人は、もちろん水に映ったものなど見やしなかっただろう。

数年前に弘法大師が開いたとされる四国霊場を歩いたことがある

が、大師が錫杖《しゃくじょう》を地面に突きたて祈願すると、真水が噴き上がってきたとか、山が金龍の姿になって、岩間から浄水が噴きだしたとかいう伝説に数多く接した。それらは「弘法井」と呼ばれる。弘仁十二（八二一）年、弘法大師が唐で習得した土木技術を生かし、讃岐の満農池修築の指揮監督に当たったという史実から、水にまつわる伝説が生まれたのだろう。

第十七番札所に徳島市内にある「井戸寺」がある。正直へんな名前だなと思ったが、やはり「弘法井」が寺名のゆえんなのである。本堂脇の「日限《ひかぎり》大師堂」には「面影の井戸」があり、いまも水が湧き出ている。井戸をのぞいて自分の姿が映れば無病息災、映らなければ三年以内の災厄に注意するように、とのことである。私は三日前に宿の階段から落ちて頭に大怪我をし、縫ってもらったばかりだったので、のぞく気がしなかった。映らなかったら、予後が悪いということだ。「日限」というのは五日とか七日とか日を限っての願い事ならご利益があるのだとか。但し日参しなければいけないそうだ。水は未来を映し、はからうということとか。

曲水のほとり

いまは「平泉の文化遺産」に含まれている岩手県平泉町の毛越寺《もうつうじ》・浄土庭園で曲水の宴を観たことがある。こちらでは、きょくすい、と言わずに、ごくすい、と言う。広々とした園内に遣り水が引かれ、十二単や衣冠束帯をまとった貴人に扮した人々がそのほとりに坐り、水の流れにゆったりと運ばれてきたさかずきをとり、歌をものするのである。さかずきは遠くから見たところでは、お盆のようなものに載せられていた。私はさかずきが舟のように流れてゆくさまを想像していた。（中国の古歳時記『荊楚歳時記』には、「羽觴《うしょう》、波に随いて流る」とある。羽觴とは、さかずきのことで、もとは獣の角で作られ、両耳が羽のようなかたちのものだそうだ。それだったら安定をとりながら、水に浮かぶかもしれない。『俳諧歳時記栞草』には、鸚鵡に似たかたちの貝の背をうがったのを用いた、とある。貝のかけらを用いたのか）。見物人は桟敷席に一塊まりになって坐っている。一関市の現代詩歌文学館で行われる詩歌文学館賞贈呈式の翌日は、遠方からやって来る詩人・歌人・俳人たちを、当局がバスを仕立てて近隣の「文化遺産」に案内してくれるのである。

即興で歌を詠むのかしらと、なんとなく期待していたところもあったが、あれだけ人を集めて、装束や作法に気をつかって、マイクで実況中継をしながら興行しなければならないのだから、それは無理というものであった。平安貴族たちの催しにはこんなに見物人が山と詰めかけはしなかっただろうし、当事者だけということもあったかもしれない。

毛越寺の催しは五月の緑を背景に、鮮やかな衣装や、野点《のだて》の赤い傘などが目に灼きついている。大きな絵巻物が日の下でゆっくりとめくられていった。

元々は中国古代の陰暦三月上巳《じようし》（最初の巳の日）、禊ぎのために曲がりくねった小川にさかずきを浮かべ、それが所定の場所に流れ着くまでに詩を作るという行事だったようだ。のちに三月三日に行われるようになったという。

上記の『荆楚歳時記』には、晋の武帝（在位二六五―二八九年）が臣に曲水の宴のいわれを問うたところ、「三月になって三人の女の子の父親になった男がいたが、三日してみんな死んでしまった。村の人びとは怖れ怪しんで、男とともに酒を携え、東の川のほとりで、流水にさかずきを浮かべ、厄祓いをした。これが曲水の宴のいわれです」と答えた。武帝はこの辛気臭い話が気に入らず、別の家来にめでたいいわれを話させたとある。

つまり時の為政者も曲水の宴を楽しんだということだが、帝たる者、不幸な者の気持ちに寄り添うなどということはありえない。

のち書聖といわれる王羲之の「蘭亭序」の中に「曲水」のことが記されている。

「この地に崇山峻嶺・茂林修竹あり、又清流激湍あり、左右を眼帯す、引いて以て流觴の曲水を為り、其の次に列坐し、絲竹管弦の盛なる無しと雖も、一觴一詠、亦以て幽情を暢叙するに足る」。深山幽谷の中を左右の景観を映す渓川が流れており、その水を引いて曲水を造り、人々はそのほとりに坐った。華やかな音楽こそなかったが、さかずきがめぐってくる間に、しみじみと詩を一つ作るによい、というような意味であろうか。曲水の宴の原形がここにあると言っていい。

この宴は三五三年三月初め、浙江省紹興県の会稽山の麓にある蘭亭で開かれた。いまは蘭亭国家森林公園という名になっているが、この中に「流觴亭」という建物があり、曲水の跡も残っている。私が詩人の財部鳥子さんたちと訪れたのは、もう二十年以上も前のことである。

財部さんが「ほら、曲水の跡よ」と教えてくれた。思ったより幅の狭い清流が石組みの中をひたしていたが、まったく静かだ。「鷲池」と王羲之父子の筆になるという大きな碑の前で、みんなで記念写真を撮った。池には鵞鳥がいまもいるということだ。「蘭亭」というくらいだから、清流のほとりには蘭の花が咲いていただろう。蘭といえば私たちは派手な洋蘭を思い浮かべてしまうが、ここの蘭は春蘭とかエビネなどの東洋蘭だろう。だが調べてみると藤袴のことも中国では蘭といったようだ。こちらのほうが蘭亭の名の起こりかもしれない。

曲水のさかずきは穢れを祓うということから始まったとされる。水に穢れを流すという心情はあったにしても、日本人ほど直截的なものではなかったようだ。曲水のことを「巴《は》の字の水」ともいうそうだが、巴の字のようにめぐる水のこと。なぜ直線でなく曲線の水なのかは、考えてゆくと面白いかもしれない。曲線において、広い大地を蛇行する大河を表したのかもしれないし、渦をなす水のエネルギーを放出させようとする願いかもしれないし、単にさかずきがどこかにぶつかって止まりやすいようにと仕組まれたものかもしれない。

『荊楚歳時記』訳注には、「水辺の杯の行事が伝えられるのは、古代において河川に対して豊穣祈念のための献供を行った痕跡とは考えられまいか」とも記されている。禊ぎに始まり、豊穣を祈念すると同時に、摘み草や雨乞い、酒宴などを主とした行事になっていったようだ。男女がきらびやかに着飾り、舟も浮かべたという。日本の曲水の宴は、宮廷の儀式として五世紀末ころ中国から伝わったものだが、集団で詩を詠むことは、やがて独得の歌合わせや連歌へと結晶化していき、三月三日にさかずきを流すことは、流し雛へと美しい習わしを育てていったのである。

枯山水

禅宗の僧侶に知人は何人かいるのだが、その方々に啓発されつつも、申しわけないことに、禅については私は通り一遍の知識しかもっていない。それは座禅などの修行をとおし、我欲を削ぎ落として、無心の境地に至り、人に本来そなわっている仏性に出会うのが、禅の目指すものだ、という程度の理解しかない。座禅はむかし永平寺の宿坊に泊めてもらった翌朝、一度だけしたことがある。装身具をはずして、はだしで、と言われた。すがすがしいものだった。

室町時代の禅芸術としての庭園様式に「枯山水」がある。石庭とも呼ばれる。山水を石と白砂でもって造型し、これ以上ないほどの簡素化、象徴化、抽象化をはたしたものである。枯山水の庭園が見られるところは、取水に困難な山地ではない。造ろうと思えば、立派な池泉回遊式庭園も造れる京の都などである。水の豊かな地形にわざわざ水のない庭園を造る眼目は、何なのか。あれこれ机に向かって考えるのも、禅の修行の一つかもしれない、と勝手に決めて、ああでもない、こうでもないと禅の庭をへめぐることにする。

禅の文化芸術は「無の文化」「無の芸術」といわれる。「無」は、単にない、ということではなくて、ある、ということを含んで波打っているもののようだ。私の理解は浅いが、『般若心経』に多出する「無」の意味に通じるものではないか。たとえば「無無明亦《みょうやく》無無明尽」という箇所がある。無明（闇）もなければ、またそれの尽きることもない、というわけで、ここでも、ない、と、ある、とは波打っている状態にある。山水画は墨一色であるが、「墨に五彩あり」といって、墨の中に豊かな色彩を含む。じっさいいろいろな絵具を混ぜると、墨に近い色になることは誰にも経験がある。私たちの目と心は色のない墨を楽しむことができる。枯山水は山水画を三次元化しようとして、一挙に具象を超えて抽象に至ってしまったかのように見える。

名高い龍安寺の石庭を初めて見学したのは、高校の修学旅行のときだった。そこに豊かな自然を見ることのできた眼力をもっていた生徒は一人もいなかったと思う。人はこのような訳の分からないものを造るのかという、前衛芸術に接したときのような未消化ゆえの戸惑いをおぼえた。あれから半世紀が経つが、龍安寺の石庭は謎をはらんで変わらず存在している。作庭者は誰か分かっていないそうだ。

目に映る部分の奥にひそんでいる本質に触れようとするのが、禅の芸術行為であるという。それは文字やことばによって表わされるのではなく、修行によって会得される。一見禅の公案に似た現代詩もあるが、本質は近くて遠いものかもしれない。

川が流れ、山が聳え、樹木におおわれ、花々に彩られる日本の美しい景色の本質とは何かと考えると、それは水であると私は言いたい。

枯山水は、景色の本質が水であることをよりよく表わそうとした芸術であるように、私には思われる。水を去ることによって、水を現わすとでもいえばいいだろうか。砂紋といって砂に波紋のような筋を丁寧に付け、水の美を象徴することをしているのだから。

目の前にあるものは水ではなくて砂なのだから、水と見なくてはいけない、ということはない。しかし見つめているうち、砂であって砂でなくなり、水ではないのに水であるような波動を体感するだろう。目の前にある小さな庭が大景と見えてくることもあるだろう。それが禅の精神といってよくはないか。

現代風の見方として、石は永遠を表わしており、自然の水が永遠に流れつづけてほしいという願いが込められている、と説く人びともいるようだ。しかし水については当時の人びとはまだ安心していたのではないか。

夢窓疎石（一二七五〜一三五一）は天龍寺の開山で五山文学の中心者だが、西芳寺の枯滝石組みを造り、これがわが国初の本格的枯山水といわれている。次のような偈頌《げじゅ》がある。

仮山水韻

繊塵《せんじん》立せず　峯巒《ほうらん》峙《そばだ》つ

涓滴《けんてき》も存すること無くして　澗瀑《かんばく》流る

一再の風前　明月の夜
箇中の人は　箇中の遊を作《な》す（仲隆裕氏の読み下し文に拠る）

「仮山水」は「枯山水」の意に近いそうだ。塵の積もらぬ山が聳え、水のしたたることなく滝が流れ、時折の風の中、明月の夜、心を澄まし、心を遊ばせる。「箇中」は心というほどの意。仲氏は、「箇中」は「壺中」に音が通じており、それは壺の中に仙境があったという『後漢書』の費長房の逸話を思い起こさせる、と興味深い見解を述べている（仲隆裕「夢窓疎石と庭園」〔熊倉功夫・竹貫元勝編『夢窓疎石』春秋社、二〇一二年所収〕）。

龍安寺の作庭者も一人で仙境に遊んでいたかもしれない。

参考文献

枡野俊明『禅と禅芸術としての庭』（毎日新聞社、二〇〇八年）

花水祝いの今昔

江戸時代の俳人・一茶がようやく古里の信濃柏原に帰って、一家をかまえ、妻を迎えたときは満五十一歳になっていた。

五十聟天窓《あたま》をかくす扇かな

という句のように、白髪頭の老体を恥じる一茶だったが、口許は笑っていただろう。

「五十聟」の句は、それから三年目、文化一五（一八一八）年の一月、二月にも作られている。

容赦ナク水祝ひけり五十聟

逃しなや水祝《いはは》る丶五十聟

『一茶全集』頭注には、以下のような水祝の語句説明がある。「婚姻習俗の一つ。嫁入り・婿入りの際、または結婚最初の神参りの帰りなどに、若者たちが新郎に水をかける」。村人たちにとって、一茶は長い年月、村を離れて、何をしてきたのか分からぬ、いわば余所者だった。「容赦ナク」や「逃しなや」に土地の若者たちの底意地の悪さを感じる。年寄りのくせに若い嫁をもらって、というところだろう。年配者には形だけ水を、といった優しさがない。一茶は頑健な人だったようだから、闇討ちよろしく水をぶっかけられても、それで風邪を引くこともなかっただろうが、このような手荒な祝意は、喧嘩騒ぎのあまり、死者が出るようなこともあって、何度か禁令が発せられた。

水戸のほうでは正月二日に「水アビセ」といって、若者たちが異形のなりで婿を往来に引き出し、顔に墨を塗り、水を浴びせたという。「夫レ、婚礼ハ人ノ大礼也、然ルニ斯様ノ非礼アルマジキ由、光圀卿仰ラレ候テ、御家中ヲ初メ御領内ニモ御停止ナサレ候」(『責而者草』)とあるように、水戸藩でも禁令が出されたことが分かる。

鈴木牧之『北越雪譜』には、「雪中花水祝ひ」の題でこの習俗を取り上げている。かいつまんで記すと、正月十五日、魚沼郡の神社から神使の行列が新婚の家に到着する。婿に「花水を賜る」ことを伝達し、七献さかずきを与え、そのたびに祝儀の小謡をうたい、退出する。それから仮面の者、山伏、稚児、踊りの行列が繰り出される。熱気のため、踊り手たちはゆかた姿である。これを里のことばで「ごうりんしょう」というが、これは「降臨象」であろうと鈴木牧之は書いている。(余談だが、私の古里・下総飯岡では、男の子たちが「おいなりさんのごーりしょ」と言って、飛び跳ねながら太鼓を叩く祭りがあった)。踊りの人たちが揃うと、家の前にゆかた細帯すがたで待っている婿に三度さかずきを与え、手桶の水を左右から婿の頭に滝のごとくにそそいだという。みな「めでたし、めでたし」と手を打つ。あまり見るものもない村では、この日は近隣から人びとが蟻のごとくに集まったとか。

「○按《あんず》るに、婿に水を濯ぐ事は、男の陽火《やうか》に女の陰《いん》の水をあぶせて子にあらしむるの咒事《まじなひ》にて、妻の火を留《とむ》るといふ祝事也」と牧之は述べているが、火と水の婚姻とは、譬えに無理があるのではないだろうか。

農作物の豊穣と子孫繁栄とは、ともにいのちが生い出て、無事育ってゆくことであって、人びとが祈念するものである。それらにもっとも必要なものはいのちを育む水である。沖縄の婚姻では水盛《ミジムイ》といって、花嫁・花婿の額に水を付ける儀礼があるそうだ（名嘉真宜勝『沖縄の人生儀礼と墓』）。こんなふうに花嫁のほうにも水が与えられるのなら、話がすっきりするが、花婿だけ、しかも寒い時期に水を浴びせられるのはどう考えたらいいか。

寒い時期とはいっても旧暦正月は立春のころであるから、いのちが胎動する春である。すると春祭りの一つと考えることもできよう。婿のほうだけ、というのは、嫁に寒いときに水をかけては将来子宝を恵んでくれる母体によくない、という考え方か。いやこれは現代的にすぎよう。女は家の中に引っ込んでいるものだという当時の社会倫理にしたがっているのかもしれない。花嫁のほうにも水をかけてやりたい恋仇の女もいただろうが。男のほうは妬み心もともなって、公認のいじめの行事に馳せ参じたようだ。

ところでインターネットで水祝いを検索したところ、まさに「雪中花水祝」が二十一世紀の世に行われていることを知り、驚いた。明治七（一八七四）年、この奇祭は公序良俗に反する旧習だとして廃止されたのだが、町おこしの動きの中で百十五年ぶりに復活したのだという。場所は新潟県魚沼市。百人もの練り物行列が豆、餅、枡酒などを見物人に配り、八幡宮境内に造られた雪のステージで前年に結婚した新郎が御神水を頭からかけてもらうのだそうだ。江戸時代の陰湿な喧騒が、なんとも明るいイベントになったものである。

カッパ淵にて

カッパは河童や川童とも書くように、水中に棲む小さな水の神であり、妖怪ともいえるものである。柳田國男の『妖怪談義』や折口信夫の『古代研究』も「河童」を取り上げ、人の口の端に上る彼らの生態や謎、正体をさぐり、じつに興味深い。今日一般に流布しているカッパ像は、子どものような姿かたちをしており、背には甲羅、手足には水掻きがある。手は引っ張られると抜けやすい。いわゆるおかっぱ頭の上には皿があって、中には彼らの力の源泉ともいうべき水が入っている。人に挑んで、相撲をとりたがる。人馬を水中に引き込む。厠に忍び寄って、尻子玉（肛門のところにあると想像される玉だが、これをカッパにとられると、腑抜けになるそうだ）、また肝を抜き取るなどという悪さをする。しかし気のいいところもあって、斬られた腕を返してもらうお礼に、接骨薬の作り方を伝授するとか、魚を届けたりする。キュウリが好物である。

折口信夫は同著の中でカッパの皿の形状について考察している。その皿が仰向いている、伏せられている、上下二枚が蓋物のようになっている、と三通りの見方があるそうだ。折口はおそらく皿は伏せられていたと説く。「鉢かづき姫」の鉢のようになっていて、その下には財宝がある、という話と類縁のものと考えたのである。私などはなんとなく頭の上のお皿に水がたまっている姿を想像していたが、大むかしのカッパのお皿は伏せられていて、水がすぐにこぼれないような仕掛けになっていたのか。

カッパを見たという人に私は一人だけ出会ったことがある。その人はその筋ではどうやら有名な人で、「カッパじいさん」と呼ばれていた。岩手県遠野市の常堅寺にはカッパ狛犬があり、辺りはカッパの出没する気圏のようだが、その寺を通り抜けると、小川が流れていて、そこが「カッパ淵」だという。小川のほとりには祠があり、おじいさんは側の椅子に腰かけていた。私が訪れたのは一九九九年五月だが、そのときのことを次のような詩に書いた。『川から来た人』所収。

河童のおじいさん

河童が棲んでいるという遠野の淵に出かけた
こんなに晴れわたった空の下では
彼らには出会えないに決まっているが
そうと決めつけるのもよろしくない
ホップ畑の雑草を刈っていた女の人は
黒目が白濁していた
　太郎淵はあっちのほうです
お寺の裏にはまむし草やふきの大きな葉がしげっていて
小川がながれていた

かたわらのベンチにはおじいさんが坐っていた
鼻の骨がやわらかそうな顔をしている
子どものころ　おじいさんは河童を見たのだ
いつだったかおじいさんをテレビで見ました
とわたしが言うと
テレビで見たんだったら　来なくてもいいじゃないか
とおじいさんは答えた
おじいさんは河童を紹介するテレビに出たがために
それから毎日
河童の淵に来なければならなくなった
幻影を真に変えんとする人である

小さな祠にはカッパ・グッズ　その奥に
額入りのおじいさんの写真が飾られていた
　いっしょに記念写真を
と言うと指でVサインをつくった

「太郎淵」は遠野市内の別の場所らしいのだが、私は「カッパ淵」のほうに案内されたようだ。太郎淵には太郎という名のカッパがいたそうだ。女たちが川に洗濯に来ると、下のほうから着物の中をのぞいたという。カッパにしてありそうな話である。

おじいさんに「カッパはどこにいたの」とたずねると、小川が曲がって水面が見えなくなる辺りを指して、「あそこ」と言った。おじいさんの顔を見ているると、カッパに似ているような気がした。確かに「テレビで見たんだったら、来なくてもいいじゃないか」と言ったのだが、なんだかカッパの代わりに発言しているような感じだった。おじいさんの中にはカッパの幻影が棲んでいる。いやおじいさんは幻影のカッパに喰われた人かもしれない。

数年前の夏、早池峰山《はやちね》に登った帰りに、また遠野へ行った。カッパ淵のほとりには、やはりおじいさんが佇っていたが、あの人ではなかった。二代目の人だった。祠の中にあのおじいさんの写真があったので、亡くなって祀られたのだとそのときは思ったが、先日この詩を読み返してみると、生前からご自分の写真を納めていたことが分かった。祠の中には赤や白のお手玉にしては大きすぎるものが供えられていた。

なんでもカッパの神に祈ると、お乳の出がよくなるそうで、あの供え物は乳房をあらわしているのだとか。

『遠野物語』五十五話は、カッパが人間の女に子を産ませた話である。この子はかたちが醜怪だったため、斬り刻まれてしまったそうだが、カッパとしては人間の女のお乳を吸って大きく育ってほしかったにちがいない。カッパは零落しはしても水の神の眷属ゆえ、滋養分のある水であるお乳がよく出るようにするくらいの力はもっているということか。カッパとオッパイの語呂合わせか。どうもカッパのすることとも人のすることともよく分からない。この分からないところにひそむのが妖怪なのだろう。

カッパの存在を信じていたおじいさんは亡くなったが、信じていたい人びとはまだ生きていて、それの動向などを知りたがる。インターネットで検索すると、遠野の子どものカッパはピーマンが好きみたい、などと書かれている。妖怪とパソコンは相性がよいようで、むかしは妖怪は人の心の暗闇にいたのだが、いまは液晶画面の光の中にもいる。ただあまり怖くなくなったというのは、彼らの霊力が衰えてきたということか。そうだとすれば、人の想像力も胆力も平準化され、衰えてきたということかもしれない。

二人の雪童子

冬に雪国を訪ねたのは、いままでに二度だけである。一度目は二十年以上前、友人たちと雪見歌仙としゃれようと新潟に出かけたのだが、期待に反してほとんど雪が降らず、阿賀野川の雪見舟からもところどころ黒い山肌が見えていた。

二度目に行ったのは一昨年二月の秋田で、友人夫妻のお父さまが百歳を迎えたお祝いの会に参加するためだった。彼は山仲間の一人でもある。百歳の翁はどんな冬を過ごしてきたのか、体感したいと思った。

舗道のわきには一メートルくらいの高さにふんわりと雪が積まれ、足元の雪は白く踏み固められていた。雪がないのは車道だけである。このときいっしょだった盛岡の友人が「秋田はあたたかい。今日盛岡は零下八度よ」というので驚いてしまった。東北の友人たちは厳しい冬を過ごしているのだった。

岩手県は雪国ではないが、宮沢賢治の花巻は、雪の多い地域だと聞いている。だが近年はそれほどではないそうだ。賢治の童話を読むと、雪は日常の光を屈折・分離させるプリズムの役をし、非日常の世界の扉をいきなりひらく。

『水仙月《すいせんづき》の四日』という童話がある。「雪婆《ば》んご」、「雪童子《わらす》」、「雪狼《おいの》」はこぞって雪嵐をもたらす精霊である。雪の中に赤い毛布《けっと》をかぶった子どもがやって来た。雪婆んごは「こっちへとつておしまひ。水仙月の四日だもの、一人や二人とつたつていゝんだよ。」と雪童子たちに恐ろしいことを言う。「こっち」というのは死の世界である。その世界はこっちの世界とは別の暦をもっていて、「水仙月」などという美しい月の名がある。これも雪のプリズムによる命名だろう。

雪童子たちはそれぞれ見えない雪狼を連れている。一人の雪童子が倒れた子どもに雪の布団をかけてあげた。「うつむけに倒れておいで。今日はそんなに寒くないんだから凍えやしない。」朝になると雪童子は雪狼に言って、雪の布団を後足ではねのけさせた。赤い毛布のはじが見えてきて、子どもはちょっと動いたようだった。父親が走ってきた――。

登場人物の中でもっとも存在感のあるのは雪婆んごである。「婆んご」は婆の方言。「猫のやうな耳をもち、ぼやぼやした灰いろの髪をした雪婆んご」「その裂けたやうに紫な口も尖つた歯もぼんやり見えました。」「ぎらぎら光る黄金《きん》の眼《め》も見えます。」と描写されている。浮世絵などに描かれた化け猫のイメージも入っているようだ。雪婆んごは雪をつかさどる者で、雪女や雪女郎が年を経たものではないだろう。彼女たちとはどうやら別格の存在である。

一方雪童子のほうは、「白熊の毛皮の三角帽子をあみだにかぶり、顔を苹果《りんご》のやうにかがやかしながら」「その息は百合のやうにかほりました」と愛らしく描かれる。雪とりんごは互いに他をかがやかせるものだ。しかし雪婆んごに命じられて「ひゅう」と革むちをふるい雪を降らせるときは、「顔いろも青ざめ、唇も結ばれ、帽子も飛んで」しまうのだった。

雪婆んごに形象化される雪の非情と雪童子にそなわっている天使的なものが二つの光となって混ぜ合わさり、えもいわれぬ物語になっている。

大岡信（一九三一〜二〇一七）にその名も「雪童子」という散文詩がある。詩人の書斎の前に植木屋さんの林があって、植え替えのときは一週間くらい空地同然になる。冬のある日、そこが白銀世界になった。

「いつ現れたのか、一人の子供が、雪原の真中に立つてゐたのだ。厚手のジャンパー様の上着、足にはかなり深い長靴、頭にはふさふさと耳たぶまで覆って垂れてゐる毛糸編みの帽子。」

星の王子さまが雪の地球に現れたかのような一瞬。

賢治の雪童子は白熊の毛皮の三角帽子をかぶっていたが、まさにこの子にもふさふさとした帽子があてがわれている。その子ははじめ雪の中に飛び込みをしていたが、「やがてそれだけでは足りず、雪原の上に寝そべって、はじめはゆっくり、やがて熱中して、空地の一方のはじから他方のはじまで、二、三十メートルの間をごろごろ、行ったり来たり、じつに無我夢中で、余念なく転がりはじめたのである」。

「それから、フッと立ち上がった」。

その子が道路のほうに消えていくと、目をまるくして眺めていた詩人は「まるで、幻。」と思う。そして『あんなふうにやれなきや駄目だなあ』といふ思ひが油然と湧いた。」と記している。「あんなふうに」とは人の計らいを超えて、ということだろう。

賢治の雪童子はどうころんでも雪の精霊だが、こちらの雪童子は、人も精霊を宿すことがあることを語っている。芸術の核心がいきなりあらわになるのも、雪のせいであろう。

雲の話

雲も水であるから、「季節の水」（本書一一ページ参照）の中に入れてもよかったのだが、変化しやまない空のカンヴァスを一年分まとめて見てみたいと思った。「日本の空は雲の博物館」（中村和郎『雲と風を読む』）と言う方もいる。

空気中の水蒸気が冷やされると、無数の微細な水滴や氷晶になるが、水滴が地表についている場合が霧や霞である。空に浮いている場合が雲であるわけだが、高度が高くなると水滴ではなくて、氷晶の群れとなる。

　気象学では雲は高度によって上中下の三つに分けられ、形には巻雲、積雲、層雲とその合わさったもの、不定型のものなど十種類があるそうだ。巻雲は絹雲とも書き、高い空にくるくると刷毛ではいたような雲、積雲はむくむくと盛り上がった雲、層雲は層状の厚い雲である。しかしここでは雲の観察というよりは観賞が主眼なので、以下は俗称を使うことにする。

　春の雲といえば、空一面にうすく広がった雲と、ぽっかり浮いている綿雲が目に浮かぶ。綿雲は大人にもいろいろあどけない空想をさせる雲だ。キリン、牧牛、フライパン、長靴、リボン……。

大山はナポレオン帽春の雲　川端茅舎

川端茅舎（一九〇〇～四一）は東京生まれの俳人。大山《だいせん》は中国地方一の高峰である。その山に「ナポレオン帽」のかたちの雲がかかっていたというのである。それは角が二ヵ所ある帽子で、海軍の士官がかぶっていた。いまでも宮内庁の馭者の正装である。童画風の見立てで、いかにも春らしい。この雲は「笠雲」であろう。天候が悪くなる兆しだという。

桜の花のころはどんよりと曇りがちだが、それを「花曇り」という。曇っている日のほうが花びらの色が映えるので、この時期晴天よりも好む人がいるようだ。和歌ではよく山桜を峰の白雲に譬えた。

「鳥曇」という季語もある。北方に渡り鳥が帰るころでもあって、雲間に鳥が入って見えなくなるのを「鳥雲に入る」という。春を惜しむ心から出たものである。また北海道西岸で鰊のとれるころの曇り空を「鰊曇」という。

夏の雲は積乱雲、つまり入道雲である。この雲は「太郎」という名で呼ばれるそうだ。坂東太郎、安達太郎、丹波太郎……。坂東太郎といえば利根川の別名なので、どちらが本家か知らないが、川と雲が同名というのは具合が悪いのではないだろうか。しかし川の太郎が怒ったとしても、雲の太郎は雲を霞と逃亡するか、雲散霧消するかだろう。翌日には雲は雷を連れて……、なんて夢想する。

入道雲のことを「雲の峰」ともいう。私は少女時代、九十九里浜の空に紫色の雲のアルプスがそびえるのに目をみはった。そこにひっそり氷の花が咲いているような気がしたものだ。夏休みが終わるまで、毎日アルプスはそびえていた。居ながらにして毎日ちがった地方に連れて行ってくれた。しかし雲の話は本当らしく聞こえない。

山頂から眼下にひろがる雲の連なりを「雲海」といい、夏の季語である。飛行機の窓から初めて雲海を眺めたときは、これは絵本の中の世界だと思った。雲のはてまで歩いていくことを想像した。遠くに小さな祠がありそうだった。地平線でもない、水平線でもない、雲平線はもこもこしていた。次に雲海を見たときは、ただ茫々と淋しかった。

秋になると、さっさっと刷毛ではいたような筋雲が空の高いところにかかる。かと思えば小さな白い雲のかたまりが群れ広がり、斑点模様をなす。この雲が出ているときは大気が不安定だそうだ。鰯がよくとれる時期なので「鰯雲」という。「鯖雲」「鱗雲」ともいう。ちょっと大きい雲の群れは「羊雲」である。

鰯雲ひとに告ぐべきことならず　加藤楸邨

加藤楸邨（一九〇五〜九三）は東京生まれの俳人。鰯雲は心の中のもやもやを形象化しているようだ。告げるべきでないこととは何か分からないが、それを口にすると、いくらでも崩れてゆきそうなものか。作者はおのれ一人の胸にしまっておくのがいいと思う。断念の潔さを、秋のやわらかな雲が包んでいる。

冬の雲は寒々とした鉛色である。飛ぶように速い雲もあるが、凍てついたように動かない雲もあって、それを「凍雲《いてぐも》」という。日本海には筋状をなす「雪雲」がかかる。雨雲はもちろん四季を問わず発生するが、雲の下のほうは動きが激しく、雪を降らせることもあるそうだ。

IV

お四国の水

連れ合いと私は二〇〇八年二月十五日から五月一日までの七十七日間、四国八十八ヶ所の霊場を巡拝した。お遍路たちは、四国と言わず、お四国と言う。歩いていると、「お四国さーん」と呼ばれたりする。「お四国」とは四国霊場、「お四国さん」は四国霊場巡拝者の意味である。四国の水といえば、まず清らかな川が目に浮かぶが、「お四国の水」は、川や海や池にとどまらず、歩き遍路を支え、うるおしてくれる四国の風土や人びともそこに含まれてくるだろう。歩いている間にメモ帳に走り書きした拙い俳句や短歌をよすがとして、「水」に出会ったそのときを喚び起こしてみたい。

お遍路たちは多くが「カンコー（観光）、ケンコー（健康）、シンコー（信仰）」と彼らの発願の動機をにぎやかに唱えていた。後で連れ合いの書いた本（『四国八十八ヶ所感情巡礼』）を読むと、連れ合いは、自分が小説のモデルにした人びとにおのれの罪科を詫びるために歩いた、と書いていた。また「この旅は嫁はんの発案で、付いてきた。嫁はんは日に三度、飯の支度をするのが厭なのである」と。私のそれだけではない動機は後に記す。

遍路道の合計は約一二〇〇キロである。一日三〇キロ歩ける人なら四十日で結願するが、半分の一五キロしか歩けない人は倍の八十日間かかることになる。五月のゴールデンウィーク前に帰京するとなると、出発はどうしても二月の厳寒の時期になる。四国は暖かいだろう、温かいに決まっているからと、そうそうに出発した。

吉野川木枯童子吹き荒るゝ潜水橋に水はとゞかず

阿波の鳴門市から歩きだして三日目、初めのころは札所がそう離れていないので、このときまでに十番を打った。強風に風花があおられていた。菅笠を手で押さえて歩く。連れ合いは洟水をすすりあげている。前夜高松市に住んでいる同い年の従姉から電話があって、徳島の夫の実家に来ているので、夫婦して顔を見に行くという。

「四国三郎」ともいわれる吉野川は、石鎚山脈から流れ出て、高知、徳島をうるおし、紀伊水道に流れ込む大河である。この旅では吉野川、四万十川の清流を見るのが楽しみだった。吉野川は水量は多くなかったが、青々と流れていた。潜水橋というのはじっさいに川が流れている低い位置に架橋され、増水時には沈んでしまう橋である。沈んだときに流木などが引っかかって川の水がせき止められないように、欄干もなく、短い橋なので、建造費が抑えられるという。四国や九州に多い。私たちがこわごわ渡り終えるのを対岸で車が待っていた。馴れない人が時々転落事故を起こすそうだ。

私は「潜水橋に水はとゞかず」と詠んだが、とどかないのが常態なのである。最初の小さな潜水橋を渡って、畑の中を歩いていると、従姉から携帯電話がかかってきた。「いまどこ」と聞かれても、何も目印がなく、「橋を渡ってきた」としか言えない。しばらく行くと川島橋という二つ目の長い潜水橋があって、ここを渡ったところで、やっと会えた。「お接待よ」と言って、うどん屋に連れて行ってくれる。高松で再会を約して別れた。

暗き水に身をまかせれば浮遊する一秒の果て頭部より落つ

この歌だけでは状況が分からないが、これといっしょに作った歌には「電燈を消されし宿の急階段わがいさみ足宙を踏みたる」「したゝりし血潮拭きつゝ直前の記憶失ひしまゝ洗濯をせし」などがある。

「遍路ころがし」といわれる難所のある十二番札所・焼山寺に雪を踏み分けてお参りし、ほっとした晩の出来事だった。同宿の若い女性遍路が省エネのためだとかで勝手に階段の電燈を消してしまっていた。山中の宿なので、真っ暗である。階下のお手洗いに行こうとして、廊下をえぐって造られていた階段の天辺から落ち、壁に頭を強打して、血だらけになった。人の体は頭が重いので、落ちている間に一回転して頭のほうが下になるのである。宙に浮かんでいた一秒の間、死ぬかと思ったが、焦る気持ちはなく、ただ淋しさがあった。この歌に現れた「水」は、生まれ来る前に浮いていた母の胎内の羊水か、あるいは私の古里の海の潮か分からないが、訪れた「水」の気配が私を静かにさせたということは言える。

幸い脳内出血は免れ、頭皮を八針ほど縫っただけで、翌々日にはまた連れ合いと二人、歩きだすことができた。「朝の峡《かひ》はだれ雪踏むうれしさよ光さんさん眼《まなこ》に刺さる」は、歩きだしたときの歌。死に損なった者の目には、風景が泣きたいほど美しく見えるのだった。

父の国青うつくしき二月尽

この句もそんな心情の下に生まれた。連れ合いは徳島県はゴミが多い、と目を尖らせていたが、ゴミのない所は山も川も海も美しかった。

私が四国に行ったのは、少女時代に父と弟の三人で、愛媛県西条市にある祖父母の家を訪ねて以来のことである。千葉から夜行の急行瀬戸に乗り、岡山県の宇野で高松への連絡船、鷲羽丸に乗り込んだ。瀬戸内海に浮かぶ島々が近づいては離れるのをうっとり眺めているうち、四国本土の山々が正面に大きな翼を広げるようにせりあがって来たのを忘れることができない。それから予讃線に乗り換える。千葉の家を出てから二十数時間の旅だった。しばらく体が揺れていた。初めて五右衛門風呂に入った。

一九八八年四月に本四連絡橋（瀬戸大橋）が架かると、四国までの時間は飛躍的に短縮された。けれども四国は遠いところというイメージは私の頭から去らず、叔母や従姉妹が住んでいるというのに、半世紀以上も御無沙汰してしまった。

それでも八十八ヶ所を巡る旅はいつかしたいと思いつづけていた。

父は幼いころに千葉の伯父夫婦の養子になって以来、九十六歳になる今日まで千葉の海辺の町に暮らしている。私は私の血の半分を育んでくれた風土を歩いてみたかったのである。この年になって自分探しでもあるまいと思ったが、何かしら四国の風土にしっくりくるものがあれば、私は私の知らなかった半分と出会ったことになる。

歩いているうち、父もこうして山も水も美しい四国を歩きたかっただろうという気がしきりにした。そうだ、この旅は父の代参ということにしよう。各札所の納経所で八十八の印をいただく判着を、極楽往生を願って父に贈ることにした。弘法大師空海と「同行二人」の金剛杖をひいて歩いているのは、幼年の父の魂が乗り移った私だった。私はけっして霊的な人間ではないのだが、四国が霊的な島なのである。

それは不思議な体験だった。少々体がきつくても、もう止めるわけにはいかなかった。

遍路舟両岸いまだ霞みけり

東京を経ってから一ヵ月、三月も半ばとなった。阿波を南下し、室戸岬から西へ、西へと進み、土佐湾のもっとも内奥に入り込んだ辺りにやって来た。前日は三十六番・青龍《しょうりゅう》寺。私は大怪我の後、ふだんの運動不足がたたって捻挫をするなど御難つづきで、列車やバスをつかわざるをえなかったが、連れ合いは一人で土佐の長い海岸線を歩いたのだった。

この辺りに来ると海岸線が入り組み、内海には船の便もあるという。「むかしは舟で行くお遍路もありました」と宿の主人は言い、浦ノ内湾の「埋立港待合室」まで車で送ってくれた。乗船客は私たちの他にはピンクのスカーフをしたおばあさんのお遍路だけで、この人は船内でずっとストレッチ体操をしていた。あさり舟が出ており、ウェットスーツを着た人が水中に立っている。水深はかなり浅いようだ。どんより曇った空の下を、船は揺れずに進んだ。予定になかった船旅である。どこで降りたらいいのかは、船頭さんに聞かなければいけないだろう。此岸も彼岸も茫々霞んでいる。

四万十は雨にかすみて清からず小舟の網の音なくひらく

土佐を流れる四万十川は柿田川、長良川とともに日本三大清流の一つ。日本最後の清流ともいわれている。「日本三大——」などに選ばれるのは、ある程度の流域面積なども加味されるのだろう。遍路道に沿った川で、私たちがこの上なく清らかだと思ったのは、内子町のヒノキ林の山裾を流れる小田川である。四月末ころには筏流しが行われるそうだ。

遍路舟に乗ったときから六日が経過。その間、お参りしたのは三十七番・岩本寺だけである。四万十市内に入ると、四万十川はいくつかの河川を合流し、川幅も広くなって、じきに太平洋にそそぐことになる。橋を渡っているとき土砂降りの雨に打たれて、ずぶ濡れになった。

前方からの風に下を向いて歩いていて、自転車にぶつかりそうになる。午後一時に川のほとりの宿に着くと、女主人に「早過ぎる」と叱られた。しかし雨風がひどく、次々にお遍路たちが先の宿の予約をキャンセルして駆け込んで来るので、にがい顔である。

雨のやんだ翌朝四万十川を見ると、濁っていた。魚を獲る網が、ぱあっと広がるのを疲れの出た体で見ていた。この川にも多くの潜水橋があるが、土佐では潜水橋といわずに、沈下橋というそうだ。

足すりて足摺岬に着きにけり波やさしくて燈台の立つ

ついに四国最南端・足摺岬に着いたときは三月二十五日になってい

た。一ヵ月と十日である。三十七番・岩本寺から約八十キロ。この岬に三十八番の札所・金剛福寺があり、巡拝路でもっとも長い距離である。足摺岬という名を聞くと、お遍路が疲れた足をひきずって、ようやく人里離れた岬に到るような感じがあるが、それは自分に引きつけた印象だった。伝説では、この寺を訪れた旅の僧に、小僧は自分の食事を減らして接待していたが、和尚はそれを叱った。ある日旅の僧と小僧は、岬から小舟に乗って大海へ漕ぎだした。和尚が「我を捨てていづくへ行くぞ」と叫ぶと、「補陀落へまかりぬ」と答が返ってきた。舟の舳先には観音さまになった二人が立っていた、というのである。和尚が足摺りして、嘆き悲しんだことから、この地名があるそうだ。補陀落とは観世音菩薩がおわすという南海上にある山で、中世に足摺岬や熊野灘からの渡海が行われたという。じっさいには目無し小舟に乗っての自殺行である。足を摺った先には、水平線があり、その彼方に観音浄土があった。岬は到達点ではなく、そこから出発する地点であった。

鶯がよく鳴いていた。山桜が咲き始めた、と私のメモに。

水田にちりめん皺を寄せてゐる風が見えるか乙鳥《つばめ》のうから

足摺岬から宿毛《すくも》市にある次の札所、三十九番・延光寺までは山の中の遍路道を辿ると約五十三キロである。この距離では二泊したいところだが、民宿の数はごく少なくなってくる。三原村のＮＰＯ法人「いきいきみはら会」のログハウスの宿に泊めてもらった。岬からバスで行けるところまで行き、連れ合いはそこから十七キロの山道を歩き、私は会の方が用事を済ませた後の迎えの車を待つことにした。捻挫の足は大分快くなってきてはいたが、まだ普通に歩けないのである。三時間ほど近くの水を張った田圃を眺めていた。ツバメが人には見えないものを見ては、水面をかすめ、ひるがえっていた。人さまの厚意に甘えながら、日本の春の原風景にひたっていた。

白髪、僧籍の女性遍路が三十九番・延光寺までにかかった日数と同じだけの日数で八十八番を打って、結願できます、と教えてくれた。ここまでで距離は半分です、と。その日までに四十日かかっているが、室戸岬など数ヵ所に連泊しているので、あと四十日未満と見当をつける。

石鎚に雪は残れり黒瀬湖の森閑として鳥も鳴かざる

父の古里・伊予に入ったころから、電車やバスに乗らなくても歩けるようになった。桜が咲いて、お遍路日和がつづく。池には白鳥と黒鳥がいた。六十一番札所・香園《こうおん》寺に西条の叔母と従妹に来てもらった。叔母は父の末妹である。私が子どものころ、西条の家を訪れたときは、寄宿生活を送る女学生だったそうで、今回が初めての対面である。いっしょに高橋家のお墓参りをした。帰ってから東京にいる母方の叔母にこんなことを言われた。「最初にお墓参りをして、それからお遍路を始めなければいけなかったのよ、遍路道には悪い霊がうようよいるんだから。あなたが怪我をしたり、捻挫をしたりしたのはそのためよ。でもお大師さまのご加護で悪いことにはならなかったのよ」。驚いてしまった。

翌日叔母夫婦は六十番・横峰寺への専用バス発着所まで車で送ってくれた。登山道が狭いので、自家用車での巡拝者はここでバスに乗り換えるのである。横峰寺は標高七四五メートル。難所の一つであり、もやが出てきて、天候が怪しいので、バスに乗る。山上の札所も、もやの中で、厳粛なたたずまいだった。

下山は徒歩。林道を下りてくると、黒瀬湖の向こうに、雪を山ひだに残した石鎚山が見えた。西日本の最高峰で一九八二メートル。修験道の山だった。
半世紀以上も前に西条を訪れたとき、田圃の用水が豊富できれいなのに驚き、ドラム缶に入れてもらって帰りたい、と思ったことをはっきり覚えている。今度はどうだろう、と少し案じていたが、それは杞憂だった。相変わらず用水はきれいな水を勢いよく流していた。この水は市の南側にそびえる石鎚山からの贈り物で、市内には「うちぬき」と呼ばれる自噴水が出ている。鉄パイプを一五〜二〇メートル地面に打ち込むだけで、きれいな地下水が湧き出てくるそうだ。私の血の半分の古里は、豊かな地下水をたくわえたところだった。

山寺の五百羅漢に菜種梅雨

ここで「山寺」というのは、六十六番・雲辺寺。讃岐に入って初めての札所が、標高九一〇メートルの難所である。連れ合いが「お大師さまは最後まで楽はさせてくれないな。八十八ヵ所はよく出来ている」と感心していた。いまはロープウェイがあり、七分で山頂に着いてしまう。瀬戸内海がよく見えた。この札所は「雲辺寺」の名にたがわず、雲のへりにいるようだ。リアルな表情をした五百羅漢がいまにも動きだしそうで、不気味だった。そうこうするうち雨が降りはじめ、彼らに生気を与えた。四月半ばになっていた。

山上より溜池五つ六つ数ふお四国の目はまたゝきにけり

讃岐は瀬戸内海気候で、雨が少ない。そのため方々に溜池がつくられている。弘法大師は讃岐の人で、唐に渡って、仏教を修めるとともに土木工学も学んだという。讃岐国司の嘆願を受けて、溜池の修築工事を指導したといわれている。

お遍路の旅も終わりに近づいた。遍路道に面している高松の従姉の家に招ばれて、昼食を御馳走になった。連れ合いと私が、この前会ったときより、日焼けして、それぞれ九キロ、七キロ痩せたので驚いていた。その日は標高二八四メートルの八十四番・屋島寺を打ち、山上の宿に泊まる。鬼ヶ島が見え、港の夜景がきれいだった。

翌朝、屋島の急峻な道を下りて、また膝を傷めた。八十五番・八栗寺は二三〇メートルの高さがあり、ケーブルカーで登る。歩いて下りてくるとき、この歌の光景に接した。溜池のどれもが瞳のように光っていた。またたいていたのは、じつは私の目だった。

水湊や

連れ合いと二人で前節のお四国遍路に出発したのは、立春を過ぎていたとはいえ、二月半ばの真冬といってもいいころだった。歩き遍路で、四国一周の通し打ちとなると、足弱の私がいるので、五月の連休前に帰京するにはどうしてもそのころの出立となった。

四国は本州より南だから暖かいだろうと多寡をくっていたのが間違いで、徳島県の吉野川沿いを歩いているときなど、風が強く、鼻も耳も痛くなった。橋のたもとで待ってくれている連れ合いの顔を見ると、洟水をたらしている。鼻紙は持っているそうだが、拭いても拭いても出てくるので、面倒になり、なめているんだと言うので、あきれてしまった。

風邪の引きはじめなどには、鼻の粘膜が冷たい空気に触れて、水洟が出るが、私がイギリスふうかなんか知らないが、ハンカチでかんだりしていると、連れ合いが不潔だ、そんなことをしていると、鼻の頭が黒くなるから、ティッシュをつかえ、と言う。でもティッシュだと鼻の下が痛くなる。むかし器用に手洟をかむ男の人もいたが、決して真似をしてはいけないと母親に制された。

水洟で思い出す名句は、芥川龍之介（一八九二〜一九二七）の句である。「自嘲」と前書がある。

水洟や鼻の先だけ暮れ残る

「水洟」は冬の季語である。「暮れ」も日の暮れよりは歳晩だろう。早い時期の作とも没年ころの作ともいう。芥川は昭和二年、自殺する前に主治医にこの句を短冊に書いて送ったそうだ。「鼻の先」は、自分から見てほんのわずかな距離のことだが、鼻の先っぽともとれるわけで、えっ面白いというのが私などの第一印象だった。水洟をたらしている鼻の先っぽだけが闇の中に浮かんでいる、シュルレアリスティックな映像である。しかし句意は、自分の周囲だけ残して世はとっぷりと暮れているが、おのれ一人なさけなく水洟をたらしている、というのだろう。『今昔物語』の禅智内供の長すぎる鼻がふっと浮かぶ。芥川はそれを元に短編小説を創った。

連れ合いは先天性副鼻腔炎、俗にいう蓄膿症なので、鼻で息ができない。悪性のもので、少年時代、手術が成功したとしても失明の危険があると診断され、目が見えなくならないほうを選んだ、つまり手術を断念したのだと話してくれた。

私は半農半漁の町に育ったが、子どものころ、近所の男の子たちは当たり前のように青っ洟をたらしていた。二本棒の子もいた。農家の子だった連れ合いに、「そんなことあった?」と訊くと、「よくからかわれた」と言っていた。どの子も綿入れ半纏の袖のところで洟をふくので、てかてかに光っていた。私もそれは覚えがある。黒光りに光って固くなっていた。連れ合いときたら、てかてかの後、布地が腐ってきたそうだ。ところで湊がなぜ青い色になるかというと、免疫細胞が風邪の菌を破壊して膿を出すのだが、その中に鉄の化合物が含まれており、それが青く発色するのだという。

昨今は皆無といっていいほど青っ湊の子を見なくなった。代わりにむかしは聞いたことがなかったアトピーの子が多い。免疫力が弱くなったのだろうか。世の中の環境が神経質に整いすぎてきたからか。食生活の変化によるものか。いま思い出すと、力強い青っ湊であったことよ。

『湊をたらした神』という吉野せい（一八九九〜一九七七）の短編集

がある。若いころこの作品に出会って、なによりもまずその手ざわりのある節くれだらけの文体に感嘆した。夫は詩人の三野混沌で、夫とともに現在の福島県いわき市郊外の開墾に従事した。表題作は夫婦のかぞえ年六つの子ノボルが、買ってもらえなかった玩具を松の枝でみごと自力で作り上げたという話である。この子は親が讃嘆するほど逞しく、敏捷な自然児である。

「青洟《あおばな》が一本、たえずするするとたれ下がる。ぼろ着物の右袖はびゅっと一こすりするたびに、ばりばりぴかぴかと汚いにかわを塗りつけたようだ。」

といういきいきした描写がある。昭和五年夏のことだそうだ。パソコンやワープロからは出てこない文体であり、内容である。労を惜しみ、便利さを追求する暮らしは、なにかとてもひ弱なものを育ててきているようだ。

「湊たれ小僧」ということばがある。これは青いほうの湊だろう。文字通りの意味のほかに、経験が浅い者という意味でも使われる。ある俳人の方が、俳句の世界では四十、五十は「湊たれ小僧」ですよ、と言っていたことがある。そこへ行くと、現代詩では二十歳で瞠目すべき仕事をする詩人もいるし、年輪が味わいを加えるというのも一部の人だけで、枯れていく人が多いような感じがする。現代詩のほうでは「湊たれ小僧」は使われないことばである。

南半球を船で行く

南半球のことを水半球というのだとずっと思っていた。約八一パーセントが海面なのだそうだが、正確に水半球というのは海面の含まれる割合がもっとも高くなる半球で、ニュージーランドの南東にあるアンティポデス諸島付近を極とする大円なのだそうである。海面の割合は八八・七パーセントに上る。大陸と名のつくものは南極大陸、オーストラリア大陸のみで、あとは南アメリカ大陸の南端が含まれる。ちなみに全地球表面の約七一パーセントが海だそうだ。

南半球を九十五日で一周するピースボートの船旅に参加したことがあるが、海を眺めて過ごす日が多かった。出発する前、シップドクターをしたことのある人から、死ぬほど退屈すると言われたが、それは人によりけりだということが分かった。私にはもう一度あのときの海に会いたい気持ちがある。

二〇〇五年十二月二十六日に、横浜港の大桟橋から出航したのだが、ちょうど一年前のこの日、インド洋のスマトラ島北西沖でマグニチュード九・三の大地震が発生、インド洋沿岸各国に大津波が押し寄せ、死者は二十万人を越え、被災者は五百万人に達したという。一年しか経っていなかったというのに、この大災害は「インド洋は荒れる」という一言となって、船内をめぐっただけだった。私を含め乗船客のほとんどは災害を打ち忘れ、これから始まる船旅を前に胸をはずませていた。私は連れ合いと友人の詩人・新藤凉子さんとともに船に乗り組んだのだが、連れ合いは心楽しまぬ乗船客の一人だった。言い訳めくが、この人と外国旅行をしたくても、文明国は嫌い、飛行機は怖い、煙草が吸えなくてはいやだというので、その条件をすべて満たすには、この南半球一周の船旅しかなかったのだ。遊ぶことができない質で、航海記を途上で出版社に渡す約束をし、そのためにパソコンを覚えた人である。これは後に『世界一周恐怖航海記』(文藝春秋)となった。

横浜港を西へ向かって出航するとき、港の建物に「横浜」なんとかという大きな文字が見えた。船は西へ西へと航行を続けるのだが、はたしてまた「横浜」の文字を見ることができるのだろうか、そんな不安でいっぱいになった。事故が起こったら、という心配ではなく、ほんとうに地球は丸いのかしら、という笑われそうな不安だった。しかし知識で濁った感覚がきれいに晴れていく気分は悪くないものだった。

私は海辺の町の生まれなので、水平線を、正確に言うと、水平線の辺りを毎日眺めて育った。海を目の前にした二階の戸の開け閉ては私の役目だったからである。太平洋が南東にひらける浜だったので、右目の端のほうの海面に日が沈むのが見えた。中学時代、文集に、夕日がさくらんぼみたい、という幼い詩を書いた。祖父が外国航路の船の一等航海士だったので、海の彼方への憧れが移っていたかもしれない。この人は祖母に「シャッティ・ザ・ドア」と言って、障子を閉めさせたとか。実家には胴のところがふくらんだ面白いお鍋があって、おじいちゃんがイギリスで買ってきた鍋、と言って大事に使っていたが、それも二年前の大津波で流されたことだろう。

大津波で実家の人たちはみな逃げのびることができたとはいうものの、家は一階天井まで波が来て、海側にあった台所などが壊された。それ以来、私は海に対する憧れと恐怖との間で引き裂かれている状態にあるが、船旅に出発したときは憧れと少々の不安があるだけだった。

船旅の間に新藤さんと連詩を作った。連詩は連歌・連句の精神にしたがい、繰り返しがないことを鉄則として、ということは詩のテーマをおおむね船の進路に合わせていけば間違いないことになるのだが、二人で交互に四十番まで作り、下船数日前に船内のシアターで朗読。

ジャンベ（アフリカの太鼓）の人たちとディジュリドゥ（象の鼻のように長いオーストラリアの笛）の人に舞台に上がってもらって共演した。後に連詩は『地球一周航海ものがたり』（思潮社）として上梓された。この本の中から海に関する詩を引き、それに思い出したことなどを付け加えてゆくことにしたい。

連詩はインド洋から始まった。第一番。

大船とはいえど　鋼鉄の物質が水に浮いているわけである
横浜から乗ったおばあさんが　扇子をつかいながら
「あそこなら　しんでもいい」
と言っている

あそこって　あの珊瑚礁の島かしら
椰子の木陰にきれいな目をした黒い人たちがいた
「あそこなら　しんでみてもいい」
うーん、しとすが逆になる東北生まれの人が「すんでみてもいい」
と　この世の住処の話をしていたんだ
東北といえば
ここインド洋では　日本のほうである
日本国内の方位が急に縮んでくる
わたしはいまは伸びきった方位
南にひろがっていこう

「あの珊瑚礁の島」とはインド洋に浮かぶセイシェル諸島。

太平洋の東端から南下していったわけだが、方位というものは自分の体を基準にするものなので、日本地図の中の方位はその意味を失っていくようだった。なにしろ大洋の中なので、昼間だったら太陽の位置だけが頼りだが、南半球では正午には太陽は北中するので、勝手がちがうし、目印になるものもない。まさに大海の中の木の葉である。

船の後方甲板《かんぱん》は夜になると居酒屋の店に早変わりし、連れ合いと私と新藤さんの三人は毎晩のように潮風に吹かれながら生ビールのジョッキを傾けた。「板子一枚下は地獄」というけれど、地獄の釜の蓋の上で、私たちは毎晩艶なる宴を張ったのだった。星のない夜、月ばかりが照っていて、船がいったいどのへんを航行中なのか、地図の上では分かっていても確かめようがなく、私たちの酔いを深くした。月が目を上げたところにある、と思っていても、二杯目にかかったときには連れ合いの頭の上にある。それだけ時間が経ったのか、船がいつの間にか方向を変えたのか、よく分からないのだった。

台風が来たときも「店」は開いていたので、私たちはいつものように繰りだした。甲板のプラスチック製の白い椅子が、つむじ風でくるくる回るかと思えば、ツーッとすべっていき、壁にぶつかって止まる。ビールをジョッキについでくれるロシア人のセルゲイさんは、少しだけ日本語を話すのだが、指さす方に目をやると、恨みを呑んだような凄い月が出ていた。私たちがうめき声をたてていると、セルゲイさんは側の日本人の女の子たちにも見るようにうながした。この人たちはウェイトレスとして働きながら船に乗っているのである。彼女たちは月を見ると、いっせいに「かわいーい！」と叫んだ。お月さまの中にぬいぐるみの兎を見つけたような声だ。これが、かわいいって月なのかな。暗くてセルゲイさんの表情は読み取れなかったが、一体日本語の船はどこへ行くのか、心配になった。

アフリカ大陸南端のケープタウンへの入港は荒天のため二十六時間遅れた。船は沖で旋回しつづけ、何度テーブル・マウンテンとそれにかかるテーブルクロスの雲を見たことだろう。やっと上陸、タクシーをやとって連れていってもらったケープ・ポイントから、南極を指す矢印の先の茫々たる海を見た。来てしまったという気持ちが胸を圧した。

それから私たちは北上してナミビアに至り、船路を西にとって大西洋を八日間かけて渡った。そんなとき日の出と日の入りの荘厳な儀式に立ち会うことが一日の重要な日程になった。そんな日々もあったのだ！

船の中に一週間分の日の出と日の入りの刻限を書いた紙が張り出され、人びとはそれをメモしてゆくのだった。時計の針を指示どおりに一時間遅らせるのを忘れたときなどは、薄暗い甲板には太極拳の人たちしかいないことがあった。

小さな茂みが　ほんの時たま降る霧を

大切そうに吸っていた砂漠の国ナミビア
のウォルビスベイから大西洋をほぼ真西へ航行すると
ブラジルのリオデジャネイロに到着する
この三行のあいだに
一日は他の日とよく似た八日間の航海があったわけだが
海の真ん中で見る日の出と日の入りは
毎日見つづけても飽きなかった

水ぎわの空が白みかけて
やがて薔薇も恥じ入るような薔薇色に染まり
水と空の接点に一点の金色が生まれる

そこからひたひたと金の波が寄せてきた朝を忘れない

思い切り羽をひろげた真っ赤な雲の中を
あるいは一片の雲をもともなわずに
朱を流していった入り日を忘れない

わたしたちだけがこんなに祝福されていていいものかどうか
一瞬浮かんだ問いを　この胸が
ずっとおぼえていますように

この詩（第二十三番）には書ききれなかったが、私たち夫婦のキャビンは右舷にあり、南下するときは小さな丸い窓から西の空と海が、北上するときは東の空と海が見えた。夕焼けが始まるときは、反射光であろうか、東側の空も淡い薔薇色に染まってゆくので、急いで船室を抜け出す。甲板に出ると、空の下のほうはどこもかしこもこの世ならぬ薔薇色に炎えているのだった。

船旅のアクセントにして目的はもちろん寄港地に立ち寄ることだが、港に近づくとき、そして離れるとき、乗船客は誰もがじっと陸地に目を凝らさずにはいない。(第二十五番)

港に近づくときがいい

港から遠ざかるときがいい
近づくときは　しばらく同一の形を
とどめているもの　雑多なものに会える　目の喜びがある
海では　形という形はすぐに消されてしまうからだ
夜　港から遠ざかるとき
灯りがあんなにもまばゆいのは
暗い海のただなかで眺めているせいもあるが
あそこには自分はもういないということを
決定的に知らされるからだ
近づくこと　遠のくことの意味を味わってみたかったら
船旅をするのがいい

「目の喜び」を最初に味わったのは、ベトナムのダナン港に着いたときのことだった。出航してから一週間が経っていた。雨もよいの天気が続いたので、日の出、日の入りを眺める楽しみもなく、海上を何百という波の白兎が跳ねるのを見ているだけだった。不動の大地が見え、ようやく接岸すると、白いアオザイに笠をかぶった女性たちがゆるやかに歓迎の踊りを披露してくれた。このときは本当に目が喜ぶのが分かった。

古都フエのホテルに一泊、ダナン港を出航するときは、一人になっても紙テープを放さなかった地元の青年がいて、望遠鏡で見ると韓国人俳優「ヨン様」そっくりだった、と新藤さんは連詩（第6番）に書いている。

…………

ベトナムが
一人の青年の立ちつくしている姿で
急にいとしくなる
船が動き出すと
波止場の突端まで追いすがって来た青年！
けわしい顔で物を売りつけていた人びとの印象がうすれて
涙が出そうになつかしくなったダナンの土地よ

海という大いなる異物と一週間も付き合った後では、人は人という同類がなつかしい。温もりということも海では忘れている。

私の第二十五番の詩で、夜出航した港はブラジルのリオデジャネイロだった。コルコバードの丘の巨大なキリスト像がライトアップされ、金色の雲の中にあって、じつに神々しい。それが螢の灯ほどになり、陸の灯が間遠になり、何にも見えなくなるまで舷側に佇んでいた。

この旅のハイライトはイースター島とオプショナル・ツアーの南極行だった。その影に隠れていたのが、三日に及ぶパタゴニア・フィヨルド遊覧だった。航路の南側は夏にも雪が解けず、大氷河が続いているのである。連れ合いはここに来て目の覚めるような景色に接し、初めて満足そうな顔をした。連詩第二十九番。

地上にいるときと
空中あるいは水の上にいるときとでは考え方や感じ方がちがって
くるらしい
恐怖はつまり外界へのはげしい拒絶感である
パタゴニア・フィヨルドを船がゆくときも
恐怖感はあった　わたしにも
陸に近いところを走るとはいえ
もっとも狭いところで三百メートルの水路を
全長一九五メートル　幅二七メートル　喫水九メートルの物体が
通過するわけだから

座礁する危険はないとはいえない
氷河の他に見たものは
迫る岩山　苔　二艘の漁船　廃船　イルカのしっぽ　白い鳥　太陽
陸の生きものは絶えて見ない
人を拒む風景が連なっていたが
拒まれていることが　あのとき心地よかったのはなぜか
わたしの中の物である部分が　物である風景にふかく
呼応したのかもしれなかった
それはしばしば恐怖感を超えた
南半球では　昼には太陽が「北中」する

船が北から東に向きを変えると
ポールの影が九十度まわったように見える
もうじき太平洋の水平線が正面に小さく引かれるはずだ
それは広がらないではいない

いくら大型客船とはいえ、陸地に住む生きものが海の上で日を送るのには不安はあった。この不安感は気持ちの底のほうにずっと澱んでいた。勢いそれが非日常の感覚となって、ものごとにふだんとは異なった影を与えるようだった。

乗船客たちは日本を出てきたときに着てきた厚手のコートを着込み、船のレストランでは豚汁がふるまわれた。乗組員がボートを出して、海面に浮かんでいた氷河の破片を採取してきた。私も一かけらもらって口の中にころがしたが、かすかに甘い感じがした。

太平洋に出て、チリ沿岸を北上し、バルパライソに寄港、そこから一路イースター島を目指すのである。私はバルパライソという地名を聞いたときに或る感慨があった。若いころ読んだ大岡信氏の名詩「地名論」は、「水道管はうたえよ／御茶の水は流れて／鵠沼に溜り」と始まる詩だが、水にちなむ地名として、サッポロ、トンブクトゥーと並んでその名が掲げられていたからである。バルパライソは天国の谷という意味らしいが、日本人の耳には水がはじけるような愉快なひびきをもつ。葡萄の産地で、昼食時にはもちろんチリワインで乾杯した。

いよいよ水半球である。イースター島はチリ本土から約三七二〇キロ、タヒチ島から約四〇五〇キロの文字通り絶海の孤島である。島には港らしい港はなく、客船からボートに乗り移って、小さなはしけに上陸する。千人からの乗客を運ぶのに二日を要した。巨大なモアイ像約千体が残っている。連詩第三十三番の後半を引く。

珊瑚で出来た目をなくしたモアイは　それと同時に
マナと呼ばれる神聖な力もなくしてしまった
あれは　神さまの抜け殻
重たい大きい石の抜け殻
モアイ像は後期になるほど巨大になっていったという

孤島に住んでいるということは恐ろしいことだ
外部からの目をもたないので
行き着くところまで行ってしまうのだ
空には整列したモアイ像のような雲が浮いている
ちゃんとプカオ（帽子）もかぶっている
この辺りにはあんな雲が湧くらしい

イースター島には千人を泊められる宿泊施設はないので、船は島の近くに停泊したままだった。山の上には十字架が三本立てられていたので、土俗の神モアイを信仰する人は誰もいなくなったということだろう。像はぽっかりあいた目を悲しげに海へやっていた。

私たちはその後、タヒチ、フィジー、パプアニューギニアに寄港し、一路日本を目指して北上することになる。連れ合いがにこにこし始めた。この人に、今年の冬は家の二階で日向ぼっこができなかった、と何度責められたことか。新藤さんが締めてくれた連詩四十番の最後の部分を引かせてもらう。

ひたひたと水を打つ音のなかで目覚めたようだ
船の丸窓から大波が深くうねっているのが見えるものの
水面を打つ音まではしない
夢を見ていたのだ　きっと

はっきり　目覚めてみると
この大船は日本に向かって走っていると分かるが
途端に気持ちが忙しくなるのは
何故なのか？

こうして無事横浜港に帰港したわけだが、「横浜」という文字を見たとき、なんだか手品を見ているような気がしたものだ。三ヵ月間、にぎやかで淋しい夢を見ていたような。
帰国後はエスカレーターで均衡を失い、ビルが揺れ、自転車には数日間乗れなかった。海はしばらく私から立ち去らなかった、ということだ。しかしゆったりした時間感覚は、じきになくなった。得体の知れない海の者でいられた時間をいまはなつかしむばかりである。

この船旅では十三の国々や地域をへめぐった。飛行機は点から点への移動だが、船は線によるので、目的地がどれだけ離れているかよく分かった。じっさい距離感に見合っただけの驚きと感動がある。日本は孤立した小さな島国であるという萎縮した考え方に疑問をもつようになった。島国だからこそ海を通じてひらかれており、多くの国の人びとと交流できるということを体感した。海は防壁であるか通路であるか、その考え方、感じ方の差が大きいようだ。

砂漠と水

数年前、九十五日間で南半球を一周する船旅をしたときに、日の出、日の入り、雲、星、月、海、時折ジャンプするイルカ、鳥、蝶、船以外のものを見ずに、アフリカ大陸から南米大陸へと八日間をかけて大西洋を渡った。

いままでに中国のゴビ砂漠を列車で通ったり、敦煌の砂漠をバスや駱駝に乗ったり、鳴沙山をお尻から滑降したことはあったが、それらは砂漠のへりのほうだったかもしれない。地平線の上を走る緑色の列車の蜃気楼も見たが。

南アフリカのケープタウンから船で大西洋を北上すると、砂漠の国ナミビアに到達する。ナミビア共和国の面積は日本の倍以上で、人口は約二百十万人（二〇〇七年現在）である。こう記すと、サン・テグジュペリの大人のための童話『星の王子さま』の中に、「大人は数字が好きだ」と書いてあったことを思い出す。大人のためにもう少し言うと、大西洋側に幅五〇〜一四〇キロ、長さ一五〇〇キロ以上の世界最古のナミブ砂漠が広がっている。

ウォルビスベイ港に着岸した後、連れ合いと友人の新藤さんと私の三人は運よくタクシーをつかまえることができた。なんでもそこには三台しかないというので、船を下りてから駆け足をした。乗船客は千人もいるのである。ドライバーは知的な感じの黒人の青年で、英語をしゃべった。私たちは彼に近隣の町スワコプムントに連れて行ってもらい、そこでいっしょに食事をし、砂漠を見て、そして港に連れ帰ってほしいと交渉した。車が走り出すと、すぐ砂漠だった。広い舗装道路の両脇にもう砂漠が来ていた。

スワコプムントは国内でも人気の避暑地だそうで、一九〇〇年代初頭、ドイツの保護領だったときの建物が多く残っていると聞いたが、新しい建物ばかりのように見えた。看板の文字はドイツ語だった。おそろしく清潔な町だという印象があったが、それは多分乾燥しているからだ。カビなどの微生物や、苔のような植物はもちろん、雑草も容易に生育することができないだろう。いきなり砂漠の真ん中に造成された町のような感じだった。ただ教会の墓地には草木が繁っており、それらにホースで水をやっている人がいるのには驚いた。水はどこから来るのだろう。

砂漠の中の水といえばオアシスだが、シルクロードの要衝であるトルファンを訪れたときのことを思い出す。葡萄棚の下で、囲碁か何かに没頭している素敵な民族帽の男たちがいた。道端でハミウリを売っていたので、なにしろ暑い、一切れ買ってむしゃぶりついたが、じきにお腹をこわした。ハミウリや葡萄を育てている水は、天山山脈の雪解け水で、カレーズと呼ばれる地下水路を通って町に運ばれてくるのである。このカレーズは二、三〇メートルおきに井戸を掘り、その底をつなげたものだそうだ。建物の下だったか樹木の下だったか忘れたが、カレーズをのぞくと、暗い冷たい水が勢いよく走っていた。

さてわれらがドライバーは砂漠の中の道なき道を突っ走っていった。しかし彼には道は見えているのだろう。砂の色はちょうど白砂糖と三温糖を等分に混ぜ合わせたくらいの色である。砂丘が見えてきたところで車から降りる。初めて砂漠の真ん中にやって来たのだ。霧が降っていた、わずかな茂みを濡らし、砂の中に混じっている石英のような石を透きとおらせて。いまはレイニー・シーズンだというのに、お湿り程度である。ナミビアの年間降雨量は一二〇ミリ以下だそうだ。ドライバーは茂みのそばの小さな糞を指さして「きのうスプリングボックが来た」と言った。帰国してから調べてみると、それは羚羊などの種類と分かった。

砂丘の上に立ってみたい。連れ合いと私とドライバーは歩きだした。振り返ると、小さくなった車と小さくなった赤い服の新藤さんが見えた。何もないところだから見える、ということに私は感動していた。もっと歩いても新藤さんと車は見えるだろう。砂丘の上からは紺碧の大西洋を見わたすことができた。砂漠と海と、対照的なもののぶつかり合いは不調和を超えて、調和をなすといってよかった。

ドライバーは、「この海岸に一五世紀にポルトガル人がやって来たとき、何もないところだと思ったので、それでここはポルトガル領にならなかった」と言って、笑った。笑った後で、小さな薬莢を砂の上から拾い上げ、「これは南アフリカと闘ったときのものだ」と教えてくれた。

まったく砂漠はいろいろなものを隠しているものだ。羚羊類の群れがいることや、独立戦争があったことなどを。私の耳に「星の王子さま」の鈴のような声が聞こえてきた、「砂漠が美しいのは、どこかに井戸を隠しているからだよ」と。砂漠は、旅人にとってはすべてを覆い隠す謎のヴェールのようだが。

『星の王子さま』の著者アントワーヌ・ド・サン・テグジュペリは三十五歳のとき、最新鋭自家用機に乗ってパリからサイゴンまで飛ぶ予定が、はるか手前のリビア砂漠（サハラ砂漠の一部）に墜落してしまった。このときは奇跡的に救出されたのだが、サン・テグジュペリは砂漠の中で何日も美しいまぼろしを見たにちがいない。それが世界に二つとない名作の基になった体験だった。

遠い小さな星からやって来た王子さまは、水を必要とする体はもっていないのだが、水は「心にもいいものかもしれない」と考える。不時着した飛行士の「私」と王子さまが砂漠の中で、心の水を見出す物語が『星の王子さま』であると、私は思う。

さてドライバーは私たちに珍しいものを見せようと一生懸命で、砂漠の中の水の製造工場の門の前に車をつけた。彼は工場の人と掛け合ってくれたが、許可が下りずに車に戻ってきた。国営か公営なのだろう。スワコプムントの水はここから引かれているのか、と私たちは思った。

途中で砂漠の美しいイメージをそこなうものも見た。うねる砂丘のあいだがゴミ捨て場になっていたのである。新藤さんは好奇心の旺盛な人で、車の窓を開けて空気を吸い込むと、「日本のと同じ臭いだわ」と言って、大急ぎで窓を閉めた。埋め立て処理はきっと風がしてくれるのだろう。

ウォルビスベイに戻って、レストランでビールを飲んだ。桁ちがいに安かった。

さきほどインターネットで調べてみると、ナミビアでは一九六八年から下水を濾過処理、塩素消毒して、飲用にまわしていたが、二〇〇七年から海水淡水化施設が稼働していると記されていた。現代の砂漠は水の製造工場という大切な井戸を隠していることが分かった。

北原白秋と水ヒアシンス

十年近く前の五月、北原白秋の古里、福岡県柳川市を連れ合いとともに訪れたことがある。水郷として知られる柳川は、筑後川と矢部川に挟まれた三角州に、縦横に水路をめぐらした土地である。水路は元は柳河城の掘割だったそうだ。白秋は事実上の第一詩集『思ひ出』に「わが生ひたち」と題する散文詩といっていい流麗な序文を付しているが、その中で柳川のことを「静かな廃市の一つ」といい、また「水に浮いた灰色の柩」と譬えている。古い時代の白壁が残り、廃れた遊女屋があり、物憂い三味線の音が聞こえる、追憶にふける町のようにとらえている。

私どもは法被《はっぴ》姿の船頭さんが長い竹竿一本であやつる和船・どんこ舟に乗って、水路をまわった。家々は水路に背を向けているのだが、出口には石段がついており、それは緑色の水の中に没していた。当時は板の段々で、汲水場《くみず》と称し、そこで女の人たちは米をとぎ、洗濯をしたのだそうだ。人びとは水と呼吸を合わせて暮らしていたのである。しかし目の前にある水に没する石段は私にはなにか恐ろしかった。魚の顔をした怪物でもそこを上がってきたら、どうするのか。

船頭さんが頭上にはりだしているザボンの白い花を教えてくれた。そういえば白秋が二十七歳のときに創刊主宰した雑誌「朱欒《ザンボア》」という名は、ポルトガル語のザボンだそうだ。白秋の気圏に入っていく感じがする。水路のわきには花菖蒲がちらほら咲いていた。川の水かさが増しているので、十幾つもの橋を身をかがめてくぐらなければならなかった。船頭さんはそのたびに竿を横にし、舳先にひれ伏すのだが、難儀な仕事である。いままで事故はなかったのだろうか。民謡を一つ歌い、「これで私の生放送を終わります」と言って拍手を要求する陽気な人だった。

白秋生家はすでに彼が存命中に焼け落ちているので、復元されたものだが、なまこ壁の広壮な屋敷だった。連れ合いは、だだっぴろい部屋の真ん中に火鉢が一つあったな、と話していたが、私の記憶からは抜け落ちている。私は初めて見た庭のからたちの白い花に感動していた。こちらは連れ合いはおぼえていないだろうが。全国の児童生徒はからたちがどんな花かを知らず、あの山田耕筰作曲の優しい、哀しい童謡を好んでうたったのだった。

旧藩主・立花氏別邸で、いまは資料館の他に料亭・旅館「御花《おはな》」となっている屋敷で昼食をとったが、その折り売店で私どもは二人とも美しい筑後柳河版『思ひ出』を求めた。初版の復刻版だそうで、函と表紙にはトランプのダイヤのクイーンをあしらっている。本文は二色刷りで、紅色の囲み罫が愛らしい。発行人は「殿《とん》さん」と地元の人たちに呼ばれていた立花和雄氏。

この詩集の中で私の印象に残る一編を掲げてみよう。

水ヒアシンス

月しろか、いな、さにあらじ。
薄ら日か、いな、さにあらじ。
あはれ、その仄《ほの》のにほひの
などもさはいまも身に沁む。

さなり、そは薄き香《か》のゆめ。
ほのかなる暮の汀《みぎは》を、
われはまた君が背《せ》に寝て、
なにうたひ、なにかかたりし。

そも知らね、なべてをさなく
忘られし日にはあれども
われは知る、二人《ふたり》溺れて
ふと見し、水ヒアシンスの花。

第一連は恋唄の情感をたたえている。第二連「君が背に寝て、」でぎくりとする。荘重なこの調べの主は幼童なのである。北原家では子ども一人ずつに乳母がついていたというが、「君」は乳母の君かどうか。もう一度序文「わが生ひたち」を読んでみると、この事件にも触れていて、「君」とは「従姉」だったことが分かる。「ウオタアヒアシンスの花」に「つい見惚れて一緒に陥《はま》つた」とある。すくいあげてくれたのは、「真黒な坊さん」だったそうだ。それこそが詩になりそうだが、白秋はその手前のところで破綻のない甘やかな詩を紡いだのである。まるで恋人たちがうっとり死に戯れてでもいるかのように。

さて「水ヒアシンス」については、柳河版には「水」にルビがないが、「ウオタア」とルビが付されている版本もある。白秋自身も散文では「ウオタアヒアシンスの花の仄かに咲いた」とか「あの白鳥よりも脊《せ》の高い薄紫のウオタア・ヒアシンス」などと書いている。野田宇太郎の柳河版解説によれば、「一般には布袋草と呼ぶ水草の花を、水に浮くその紫の花の形から白秋が名づけた名である」という。暖かい地方でないと、ヒアシンスのような花はつけないということである。

私は「ウオタア」ではなく「水」、「水ヒアシンス」と呼びたい気がする。

このような濃やかな情感は、水に親和することなしには育たないだろう。白秋は「柳河のびいどろ（ガラス）罎」と呼ばれるほどの虚弱な子で、文字通り乳母日傘《おんばひがさ》で育った人である。幼い白秋は、だが水郷にだけ暮らしたわけではない。母の里は熊本の南関《なんかん》といって、山中の小市街だったが、乳母と二人、そこの山に遊んで、「珍らしくもない自分たちの潟くさい海の方へ帰らうとも思はなんだ」（「わが生ひたち」）と記している。母方の里の解放感もあっただろうが、玉虫を針で殺したり、蝶の粉を女の子の唇に塗ったり、と審美的な悪さをするのは心おののくものだったろう。「潟」に棲息する不気味な魚類や貝類についても筆を惜しまない。

　水路の植物や山里、そして「潟」の小動物たちなど多様な自然界の生きものが白秋の幼年を彩っていたわけで、何一つ欠けるところのない日々を送った子どもだった。水郷の町を白秋は「柩」などといっているが、それは白秋を育んだ揺籃に他ならなかった。満ち足りた生活ゆえに、幼くして倦怠感もあったかもしれない。すべてがうるおっていた。それは水の贈り物といっていいのではないか。

変若水《おちみず》

春先、東京巣鴨の地蔵通り商店街に近いというバス停から、おばあさんたちが数人都バスに乗り込んできた。優先席に座っていた若い人たちが急いで立ち上がり、後部座席に移ってゆく。おばあさんたちは、都会に生活しているおばあさんという共通項だけで、初めて会った者同士でもちゃんと話を合わせるので驚いてしまう。しかし聞くともなく聞いていると、声高に演説するだけの人もいて、そういう方は耳が遠いのだろう。

「あたしね、お風呂に入っても、顔だけは水で洗うのよ」

ここは公共交通のバスの中で、公衆浴場ではないのだが、おばあさんに羞恥心はない。

「真冬でもそうなの。もう何十年もお湯で洗ったことがないの。おかげでしわにならないの」

私も思わずおばあさんの顔を見てしまった。なるほどつるつるしている。

自慢話はそこから進展しないものだ。科学的にどう考えられるのか、なんて聞いてくれるおばあさんがいないので、そこで話は打ち切りである。水で顔を洗うおばあさんはずっとそうするだろうし、お湯の人もまたそうするだろう。

じつは笑われるかもしれないが、その話を聞いて以来私も水で顔を洗うことにした。夏などは気持ちがよい。ただお化粧を落とすには、やっぱりぬるま湯がいいので、いつもというわけにはいかない。朝だけは水で、と思ったのが、一年も経たないうちに頓挫した。湯たんぽを入れるころになると、朝はちょうどいいくらいにぬるくなってもいるし。

私が水で顔を洗う気になったのは、水を煮沸すると、悪玉菌とともに善良な菌も、それからなにか霊的なものも失われてしまうのではないか、という思いがあったからだろう。じっさい高山の清水などをペットボトルに汲んで持ち帰ることがあるが、冷蔵庫で冷やして、まだこもっているであろう山の気をいただく。煮沸して、それでコーヒーを淹れようなんていう気持ちはさらさら起こらない。
さて、いにしえの人びとは当然のことながら、住まいの近くの泉や川や井戸の水で顔を洗っていただろうが、「変若水《おちみず》」という若返りの水があるといわれていた。

娘子《をとめ》、佐伯宿禰《すくね》赤麻呂に報《こた》へ贈る歌一首
我が手本《たもと》まかむと思はむますらをはをち水求め白髪生ひにたり
(『万葉集』六二七)
(私の手枕で寝たいと思っていらっしゃるあなたさま、若返りのおち水をお探しなさい、白髪が生えていますよ)

娘はかぐや姫のような難題を吹きつけて、赤麻呂の求婚を拒んだのである。この霊水はどこにあるかといえば、月にあるらしい。

天橋《あまばし》も長くもがも高山も高くもがも月読《つくよみ》の持てるをち水い取り来て君に奉《まつ》りてをち得てしかも（よみ人しらず『万葉集』三二四五）

（天の梯子も長く、山もいよいよ高くあってほしい。月読壮士《つくよみおとこ》のもっている、おち水を取ってきて、あなたさまに捧げ、若返っていただきたい）

月は欠けていっても再び満ちることから再生の象徴と考えられる。

月読壮士は日本の伝承だが、中国では嫦娥という月の女神が知られている。女神は西王母から夫が不死の薬をもらったのを盗みだして、月に逃げた。私たちは月の中で兎が餅をついていると見るが、中国の人びとは、盗みの罰として蟇《ひきがえる》、のち兎にすがたを変えられた女神が杵で不死の薬をついているとしている。日本の月神のすがたはどうもはっきりしないのだが、月を擬人化したものと考えられている。そして月には不老の霊水があると信じられていた。

一方、おち水を地上に求めようとする動きもあった。

美濃国の多芸《たぎ》の行宮にして、大伴宿禰東人の作る歌一首

古《いにしへ》ゆ人の言ひ来《け》る老人《おいひと》のをつといふ水そ名に負ふ滝の瀬 (『万葉

集』一〇三四)
(これは昔から人びとの言い伝えてきた、老人が若返るという水です、有名な滝の瀬です)

元正天皇が霊亀三(七一七)年に現地に行幸し、「美泉以て老を養ふ」として、年号を「養老」と改めたという話はよく知られている。

中国に伝わる霊水は「菊水」または「菊の下水」という。河南省内郷県を流れる河に沿った崖の上に咲く菊の露が、水面にしたたり落ちて水をあまくする。それは長命をさずける水だったという。

月のおち水を年に一度、地上で得られるとしたのが、「若水」の考え方である。若水はつまりアンチ・エージング・ウォーターである。

立春の日の早朝、主水司《もいとりのつかさ》が宮中の特別な井戸から水を汲んで、天皇に奉ったのが最初といわれている。旧暦では立春と元旦とは近いのだが、それでも月の霊威がもたらされるのは、月齢に基づく旧暦の、それも元旦でなくてはならないだろう。空には月の光はなく、暗闇の中に新年が胎動しているのだと私は想像していたが、今年（二〇一四年）の元旦は丁度旧暦十二月一日、早朝外に出て空を見上げると星空だった。晴れていれば星明かりの下でむかしの人びとは若水を汲んだのだというこ とが分かった。後世になって、誰でもが元旦の朝に汲んで、一年中の邪気を祓おうとするようになった。

江戸時代には陰暦五月五日の午《うま》の刻（正午）に雨が降ると、人々は「薬降る」といって喜んだそうだ（本書二一六ページ参照）。薬草の効能が増し、その年の五穀豊穣が約束されるのである。小林一茶に次のような句がある。

けふの日に降れ〳〵雛の延《のび》薬

五月五日は一茶五十九歳の誕生日だった。五十一歳で初めて結婚し、若い妻をもった一茶ゆえ、若さへの執心は人一倍強かったはずである。「薬降る」はいまは死語だろうが、「若水」のほうは現役だろう。たとえ新暦であろうと蛇口からの水であろうと、人に与えられた水を恭しくいただくのが、正月の最初の行事であろう。

十数年前私は「若水の鋼のいろに祈るもの」という句を添えて、年賀状を書いた。そのころは連れ合いが病んでいて、厳しい年だった。

あとがき

海は海、川は川と、水に人が名前を付けても、次の瞬間には水はその名前をくぐり抜けている。水蒸気になり、雲になり、雨になり……。「水のなまえ」は、とらえられそうもないものを、どうかしてとらえたいと願う詩情の別名のようだ。

本書はとらえがたい水を追って、季節の水のすがた、文学をうるおしてきた水、水をめぐる思惟や伝承、旅の水などについて、白水社の和気元氏の慫慂によって書き下ろしたものである。「白水」という清らかな水の名をもつ出版社から刊行されることは、この本のために嬉しい。

私は写真家の佐藤秀明氏と共著の『雨の名前』『風の名前』『花の名前』（以上小学館刊）『月の名前』（デコ刊）を上木してきた。それらの本には、雨なら雨の名前、雨に関する言葉、雨の詩とエッセイを収録したのだが、写真と文章とが補完しあうようになっていた。

この本には写真がない。ということは、言い足りないところを写真で補ってもらったり、花を添えてもらったりすることができないのだが、反面、写真の目が届かないところまで水にもぐることができる。心ゆくまで私の目で水を見てみようと思った。

もしも別の方が「水のなまえ」について書き下ろせば、まったく別のものになるだろう。私は私の力の限界を知ることになったが、それはそれで仕方がない。まったく水は何でも教えてくれるのである。

それでも水の気配が周囲に立ち込めている中での執筆は気分のいいものだったが、一年も経つと、雑巾のように頭をしぼらなければ、水分が出てこないようになった。「もう一滴も出ません」と和気さんに訴えると、「まだ大丈夫でしょう」と澄ましていられる。

それから半年、私はいまは乾いた雑巾のようになり、梅雨空の恋しいこのごろである。

二〇一四年四月二十日

高橋順子

本書は、株式会社白水社のご厚意により、同社刊『水のなまえ』を底本といたしました。

著者略歴

一九四四年千葉県海上郡飯岡町（現・旭市）生まれ。

東京大学文学部フランス文学科卒。

詩人、「歴程」同人。夫は作家の車谷長吉。

一九八七年『花まいらせず』で現代詩女流賞、一九九〇年『幸福な葉っぱ』で現代詩花椿賞、一九九七年『時の雨』で読売文学賞、二〇〇〇年『貧乏な椅子』で丸山豊賞。

詩集のほかに『博奕好き』（新潮社）、新潮選書『緑の石と猫』（文藝春秋）、『一茶の連句』（岩波書店）、『連句のたのしみ』（新潮選書）など著書多数。

写真家佐藤秀明との共著に『雨の名前』（小学館）、『風の名前』（同）、『花の名前』（同）、『月の名前』（デコ）。

水のなまえ

（大活字本シリーズ）

2019年 6 月10日発行（限定部数500部）

底　本　白水社刊『水のなまえ』

定　価　（本体 3,300円＋税）

著　者　高橋　順子

発行者　並木　則康

発行所　社会福祉法人 埼玉福祉会

埼玉県新座市堀ノ内 3—7—31　〒352—0023

電話　048—481—2181

振替　00160—3—24404

印刷製本所　社会福祉法人　埼玉福祉会 印刷事業部

ISBN 978-4-86596-307-6